KB102011

도검 新무협 판타지 소설

패도무혼

패도무혼 6

도검 新무협 판타지 소설

초판 1쇄 찍은 날 § 2014년 3월 24일
초판 1쇄 펴낸 날 § 2014년 3월 31일

지은이 § 도검
펴낸이 § 서경석

편집부장 § 권태완
편집책임 § 박가연

펴낸곳 § 도서출판 청어람
등록번호 § 제387-1999-000006호
등록일자 § 1999. 5. 31
어람번호 § 제2-2479호

주소 § 경기도 부천시 원미구 부일로 483번길 40 서경B/D 3F (우) 420-822
전화 § 032-656-4452 팩스 § 032-656-4453
http://www.chungeoram.com
E-mail § chungeorambook@daum.net

ⓒ 도검, 2013

ISBN 979-11-5681-951-6 04810
ISBN 978-89-251-3578-6 (세트)

6

패도무혼

도검 新무협 판타지 소설

FANTASTIC ORIENTAL HEROES

패도무혼

目次

제1장 이제 그만 지옥으로 갈 때가 되었다 | 7

제2장 다시는 흔들리지 않겠어 | 39

제3장 두려움은 본시 공평하다 | 71

제4장 폭풍 전의 불길함 | 105

제5장 살인술의 궁극 | 135

제6장 암전(暗戰) | 167

제7장 내친걸음이라는 말이 있다고? | 195

제8장 암향총과의 혈전 | 221

제9장 누가 쥐새끼인지 모르겠군 | 253

제10장 우린… 흑영대다 | 285

1장

이제 그만 지옥으로 갈 때가 되었다

"저놈이 어떻게……."

철혼이 나타나자 가장 크게 놀란 건 총귀였다.

혈영대(血影隊)와 혈궁대(血弓隊) 사백을 이끈 자들이 혈도부와 혈목괴(血木怪) 그리고 천수탈혼(千手奪魂)뿐이었다면 웃어줄 수 있다.

하지만 홍염사화(紅艶邪花)와 흑면사독(黑面邪毒)도 있었다.

칠사(七邪)에 속하는 두 사람이 그쪽에 합류하고 있었을 뿐만 아니라 칠사의 수장격인 흑사(黑邪)도 마지막 처리를 하기 위해 대기 중이었다.

그럼에도 놈이 이곳에 나타났다는 건 그 모두가 저 한 놈에게 당했다는 것을 의미한다.

삼존 다음으로 강하다고 알려진 흑사마저 놈에게 당했다는 말이다.

이것이 말이 되는가.

믿어지는가 말이다.

혹시 만나지 않은 건 아닐까?

천하영웅맹의 십주 중 누군가가 나타난 건 아닐까?

불신과 의혹이 가득 차니 의문이 꼬리를 문다. 그러다 문득 살펴보니 놈의 상체가 상처투성이다. 치열한 악전을 치렀음을 알 수 있다.

'부상을 입었군.'

부상을 입지 않았다면 그게 더 놀라운 일일 것이다.

어쨌거나 중요한 건 놈이 나타났다는 것이고, 부상을 입고 있다는 것이다.

지금은 그 두 가지에 집중할 때다.

총귀가 놀람을 그렇게 털어낼 때였다.

"네놈이 흑수라더냐?"

구륜교주가 호통을 치며 물었다. 분노가 서리서리 느껴지는 목소리였다.

철혼은 한 차례 쓱 쳐다보더니 계속 걸었다.

"코앞에 있는 사람이 누군지도 모르는 자가 감히 하늘을 향해 명을 내리려든단 말이냐!"

"이놈! 어떻게 살아왔는지는 모르나 이 자리에 나타난 것을 죽어서도 후회하게 만들어주마!"

"후회는 그쪽의 몫이다."

"뭐?"

구류교주가 이맛살을 찌푸린 순간이다.

철혼이 대도를 휘두르자 어정쩡한 모습으로 앞을 막고 있던 구류교도 십여 명이 두 쪽으로 갈라져 그 자리에 쓰러졌다.

그들이 쏟아낸 핏물이 흐르는 흙탕물을 붉게 물들였다.

철혼은 붉은 핏물을 사방으로 튀겨가며 계속 걸었다.

구류교도들은 철혼의 기세에 짓눌려 자신도 모르게 좌우로 길을 열고 말았다.

철혼은 그들 사이로 걸었다.

흑영대가 보였다. 그리고 흑영대 앞쪽을 막고 있는 금륜명귀단(金輪冥鬼團) 역시 한눈에 보였다.

철혼은 계속 걸으며 시선을 움직였다.

간신히 고개를 쳐들고 있는 삼조장 능인이 보였다. 그의 가슴을 꿰뚫고 있는 커다란 장창이 두 눈에 아프게 파고들었다.

철혼은 무겁게 침묵한 채 계속 걸었다.

"그만! 거기까지다. 한 걸음만 더 가면 놈의 목이 떨어질 것이다."

구류교주가 외치자 능인의 바로 곁에 있던 금륜명귀단 무장이 칼을 쳐들었다.

단숨에 능인의 목을 잘라 버릴 기세였다.

순간 철혼이 섬전의 걸음을 펼쳤다.

섬뢰보(閃雷步)!

전임맹주이자 스승인 백학무군(白鶴武君)이 자신의 성명절학 중 하나인 섬전비공보(閃電飛空步)를 분쇄곤(分碎棍)에 어울리도록 고친 극쾌의 경신보법이었다.

"죽여 버려라!"

구륜교주가 외쳤다.

그에 칼을 치켜 든 금륜명귀단 무장이 칼을 휘둘렀다.

그와 동시에 섭위문과 대치하고 있던 혈갑악부(血甲惡斧)가 성큼 움직이며 거대한 철부를 휘둘러 철혼의 앞을 막았다.

뒤늦게 섭위문이 움직였으나 한 발 늦고 말았다.

혈갑악부가 철혼을 막을 수는 없겠지만, 찰나의 순간일지언정 지체시킬 수는 있을 것 같았다.

그러나 철혼은 전력을 다해 움직이고 있었다.

그가 낼 수 있는 최대한의 속도로 촌음의 순간을 꿰뚫어 버렸다.

전방에 있던 흑영대원들이 순식간에 등 뒤로 밀려나고 측면에서 끼어드는 혈갑악부마저 단숨에 지나쳐 버렸다.

그러자 칼을 휘두르고 있는 금륜명귀단 무장이 눈앞에 보였다.

이때 철혼이 앞으로 길게 뻗은 대도의 끝에서 칼날이 빛살처럼 쏘아졌다.

까— 앙!

금륜명귀단의 칼이 중간에 막혔다.

이때 다른 금륜명귀단 무장들이 철혼의 앞을 막으려 들었고, 또 한 명의 무장이 능인을 향해 칼을 휘둘렀다.

하나 이때는 철혼이 이미 그들 앞에 당도한 후였다.

채— 앵! 퍽퍽퍽!

칼이 튕기고 둔중한 격타음이 쉴 새 없이 쏟아졌다.

철혼을 막으려던 자들은 쪼개진 장작처럼 튕겨져 날아갔고, 능인을 향해 칼을 휘두르던 자는 머리통이 박살이 났다.

철혼은 거기서 그치지 않고 가까이에 있는 금륜명귀단을 폭풍처럼 휩쓸었다.

금륜명귀단은 막고, 피하고 할 것도 없이 여지없이 난타당해 고꾸라지거나 날아갔다. 팔다리, 가슴, 머리 가리지 않고 무자비하게 박살이 났다.

금륜명귀단이 속수무책으로 휩쓸리고 있을 때 흑영대가 물밀듯이 들이닥쳐 혼전이 벌어졌다.

섭위문과 혈갑악부의 치열한 격전 역시 다시 시작되었다.

철혼은 공격하던 것을 멈추고 능인 앞에 섰다.

"꼴이 말이 아니군."

"죄… 송합니다."

"보고는 나중에 받도록 하지."

철혼은 수중의 철곤을 두 개로 분리한 후 능인의 양쪽 겨드랑이를 받치도록 통나무에 단단히 꽂았다.

그런 후 능인의 가슴에 박혀 있는 장창을 뽑고 혈도를 눌러 응급처치를 했다.

"여기에 서서 놈들을 어떻게 쓸어버리는지 구경이나 하도록."

"대… 주!"

"왜?"

"총귀는… 심장이 반대편에 있습니다."

능인이 힘겹게 말했다.

철혼은 능인의 눈을 마주보며 고개를 끄덕였다.

"수고했다. 삼조장 덕분에 총귀는 반드시 죽을 것이다."

철혼이 힘주어 말했다.

능인은 그제야 최소한의 뭔가를 해냈다는 표정을 지으며 의식을 잃었다.

철혼은 그런 능인을 바라보다 천천히 돌아섰다.

억수같이 쏟아지는 비를 맞으며 치열한 혈전이 한창이었다.

철혼은 한쪽에 떨어져 있는 자신의 칼을 집어 들었다.

칼날에 섬뜩한 살기가 요동쳤다.

눈가의 혈루가 쉴 새 없이 꿈틀거렸다.

순간 철혼의 전신에서 무지막지한 존재감이 일순간 폭발하듯 치솟아 천지사방을 짓눌렀다.

철혼의 엄청난 존재감에 싸움에 참여하지 않고 철혼을 경계하던 금륜명귀단 무장들이 움찔 놀라 진저리를 쳤다.

"모두 물러나라!"

철혼이 일갈했다.

그러자 흑영대원들이 상대하던 자들을 물리치고 속속히 철혼의 뒤로 위치했다.

상대를 잃은 금륜명귀단은 혈갑악부의 곁으로 물러나 대치했다.

그러는 사이 구류교의 교도들이 새까맣게 몰려와 혈갑악부와 금륜명귀단 뒤로 인의 장벽을 구축했다.

팔십과 이천의 대치.

숫자로는 싸움이 되지 않았다.

그러나 기세는 팽팽했다.

"자리를 지켜!"

철혼이 나직하게 말했다.

이미 지칠 대로 지친 흑영대지만, 더 싸울 수 있었다.

목이 떨어져도 칼과 철곤을 쥔 손은 적을 찾아 휘두를 것이었다.

그게 흑영대였다.

철혼은 누구보다 잘 알면서도 흑영대원들을 뒤로 물렸다.

이번 싸움은 비정상적인 싸움이었다.

굳이 흑영대가 합류할 필요가 없었다.

뇌주에 모인 흑도의 무리를 쓸어버리고, 해남도의 무인들을 도살했다. 거기에 구룡교도를 수백이나 베고 두들겼으니 할 만큼 했다.

충분히 쉴 자격이 있었다.

철혼은 흑영대원들을 뒤로하고 성큼 걸었다.

쏟아지는 장대비가 그의 머리와 어깨를 두들기다 제 몸이 부서져 사방으로 튀었다.

흐르는 흙탕물이 거침없는 걸음에 마구 짓밟혔다.

"흑수라……."

혈갑악부가 신음처럼 중얼거렸다.

두려움이 뭔지 모르는 그였지만, 흑수라의 기도에 자신의 기운이 기세를 잃고 오그라드는 것 같았다.

정말 엄청난 존재감이다.

하나 놀라운 건 그뿐이 아니었다.

흑수라는 전장을 지배할 줄 알고 있다.

그의 등장에 싸움이 멈춰 버렸고, 그의 움직임 한 번에 주도권을 잃어버렸다.

무공이 강하다고 해서 아무나 할 수 있는 게 아니었다.

'흑수라……'

이제 흑수라가 직접 싸움에 나서고자 했다.

그것만으로도 전장이 그에게 짓밟히는 것 같은 기분이 들었다.

'대단하군! 정말 대단해!'

무공이 강하다고 해서 흑수라처럼 되는 게 아니다.

전장을 누벼본 자만이 전장을 안다.

전장을 알아야 전장을 지배할 수 있다.

'본 천이 그를 키운 셈이로군.'

혈갑악부는 실소를 흘렸다.

흑수라가 저만큼 강해진 건 사도천과의 무수한 혈전 때문이다.

물론 뛰어난 무공에 지독한 집념이 있었기에 가능했겠지만, 그것들이 하나가 될 수 있도록 무대가 되어준 전장이 없었다면 흑수라는 태어나지 못했을 것이다.

"흑수라는 장로들이 맡을 것이니 굳이 놈을 상대할 필요 없다. 흑영대를 죽여라! 놈들은 병기를 휘두를 수 없을 정도로 지쳤다. 가라! 가서 흑영대 놈들을 무참히 도륙해 버려라!"

구륜교주가 천둥처럼 외쳤다.

그의 음성에는 구륜교도들의 정신을 지배하는 구륜건양기(九

輪乾陽氣)가 실려 있어 두려움에 떨고 있던 구륜교도들이 흑수라에 대한 두려움을 떨쳐내고 다시금 움직이기 시작했다.

금륜명귀단의 살기 역시 일순간에 치솟았다.

그뿐이 아니었다.

"구륜무적! 경세천하!"

구륜교주의 일갈이 떨어지기가 무섭게 열 명의 노인이 금빛의 장삼을 펄럭이며 허공으로 날아올랐다.

구륜교의 십대장로들이었다.

구륜교주는 십대장로들이 흑수라를 상대하는 사이에 금륜명귀단과 이천에 달하는 교도가 흑영대를 도륙할 것이라 믿어 의심치 않았다.

지칠 대로 지친 흑영대이니 결코 일각을 넘기지 않을 것이라고 여겼다.

이는 총귀 역시 같은 생각이었다.

혈갑악부도 있으니 흑영대가 전멸하는 건 기정사실이나 마찬가지였다.

게다가 흑수라는 부상 중이었다.

구륜교 십대장로의 합격을 쉽게 벗어나지 못할 것이다.

교주와 자신이 나설 때쯤이면 잔뜩 지치고 악에 받친 놈을 볼수 있을 터.

그때가 놈이 죽는 순간이 될 것이다.

'네놈은 결코 살아남지 못한다.'

총귀는 자신했다.

그래도 만사는 불여튼튼이라고 했다.

혹시 모를 돌발 상황이나 예기치 못했던 상황이 벌어질지 모르니 한 번 더 숙고해 보았다.

'흑영대 놈들은 강전이 떨어졌다. 그러니 시간 싸움일 뿐, 결과는 달라지지 않는다. 문제는 흑수다. 놈의 무위가 흑사를 능가할 정도이니 부상을 입었다하더라도 조심해야 한다. 천뢰장! 놈은 천하영웅·맹주의 천뢰장을 익혔다. 어쩌면 맹주의 수준까지 올라섰을지도 모른다. 하니……!'

바로 이때 철혼이 허공으로 솟구치는 광경이 보였다.

총귀는 입매를 비틀었다.

'그래, 조급하겠지.'

조급할수록 무리를 하게 되어 있다.

무리를 한 것이 성공한다면 돌파구를 찾게 되겠지만, 실패한다면 스스로 화를 자초하는 꼴이니 단박에 무너지고 말 것이다.

'어디 놈의 마지막 발악을 감상해 볼까?'

총귀는 느긋이 지켜보았다.

구륜교주 역시 마찬가지였다.

그런 두 사람의 눈에 허공으로 솟구친 철혼이 태산이라도 쪼개 버리겠다는 듯 가공할 일도를 그어 내리는 광경이 보였다.

혈갑악부 역시 지지 않고 만근 거력을 담은 도끼를 맹렬하게 찍었다.

쾅!

아찔한 굉음이 두 사람 사이에서 폭발했다.

그리고 놀랍게도 거구의 혈갑악부가 수 장을 날아가 금륜명귀단과 뒤엉켜 나동그라졌다.

땅에 착지한 철혼은 숨 쉴 틈도 없이 신형을 팽이처럼 휘돌렸다.

그의 칼이 폭풍처럼 사방공간을 마구 휘저었다.

패왕굉천(覇王宏天)!

패왕굉뢰도의 네 번째 초식이 칠백 년 만에 그 무지막지한 위용을 세상에 드러냈다.

번천지복하는 듯한 굉음이 연달아 폭발하며 사방에서 급습하던 구륜교의 장로들이 쪼개진 장작처럼 날아가 버렸다.

"⋯⋯!"

"이 무슨⋯⋯!"

구륜교주와 총귀가 깜짝 놀랐다.

흑사를 이길 정도라면 장로들이 쉽게 어쩌지 못할 상대임에는 틀림없을 것이다. 하나 저건 아니다. 어찌 단 한 번의 격돌로 모조리 나가떨어진단 말인가.

두 사람은 믿을 수 없는 광경에 눈을 부릅떴다.

하나 이게 끝이 아니었다.

구륜교의 장로들을 한꺼번에 날려 버린 철혼은 곧장 땅을 박차고 날아올랐다.

그리고 곧 몰려오는 구륜교도들의 한복판으로 벼락처럼 내려꽂혔다.

"크악!"

"으아악!"

십여 명이 비명을 내지르며 고꾸라졌다. 팔다리 혹은 몸통이 마구 잘려 버렸다.

철혼은 흙탕물과 핏물을 밟고 우뚝 섰다.

사방에서 구륜교도들이 몰려들었다.

그들에게 두려움 따위는 찾아볼 수가 없었다. 교주의 구륜건 양기에 정신이 지배당하고 있었기 때문이다.

철혼은 구륜교주와 총귀를 향해 돌아섰다.

마치 똑바로 지켜보라고 시위하는 것 같았다.

그 심상치 않은 모습에 구륜교주와 총귀가 아연 긴장한 순간 철혼이 왼손을 허공으로 치켜들었다.

파지지지지!

놀랍게도 그의 왼손에서 시퍼런 뇌기가 사방으로 불꽃을 튀겼다.

"천뢰장!"

총귀가 저도 모르게 내뱉은 순간.

철혼이 신형을 낮추며 천뢰의 신공을 가득 머금고 있는 좌장으로 흙탕물이 흐르고 있는 땅을 강하게 찍었다.

번— 쩍!

눈부신 섬광이 일순간에 폭발했다.

사방팔방으로 뻗어가는 섬광이 구륜교도들을 휩쓸었다.

철혼을 향해 병장기를 휘두르던 구륜교도들이 벼락을 맞은 듯 몸이 터져 버렸다.

이 선, 삼 선에서 달려들던 자들은 한순간에 새까맣게 타버렸다.

그 숫자만도 이삼백은 되어 보였다.

나머지 일천을 상회하는 숫자도 흐르는 흙탕물 속으로 고꾸라졌다.

수백의 숫자가 팔다리를 비롯한 몸의 일부가 타버려 시커먼 연기를 피워 올리고 있었다. 몸 성한 모습으로 망연자실한 이는 겨우 일이백에 불과했다.

"어, 어떻게……!"

"천뢰장!"

구륜교주와 총귀는 경악을 금치 못했다.

두 사람은 지옥을 보는 것 같았다.

흑수라 홀로 우뚝 서 있는 광경이 비현실적으로 느껴졌다. 혹시 여기가 진짜 지옥은 아닌지 머릿속이 혼란스러웠다.

철벅! 철벅!

흑수라가 걸었다.

흙탕물을 튀기는 소리가 천둥처럼 들렸다.

구륜교주와 총귀는 자신도 모르게 움찔했다.

무공이 완성경에 오른 두 사람이 그럴진대 아직 그 수준에 도달하지 못한 금륜명귀단과 혈갑악부는 어떻겠는가.

철혼이 다가오자 그들은 뒷걸음치기에 바빴다.

사방으로 날아갔던 구륜교의 장로들이 피칠갑을 한 모습으로 그들과 합류했으나 철혼의 기세를 누르지 못했다.

"천뢰장이 된다면 패왕도 역시 되지 않을 이유가 없다!"

알 수 없는 말을 중얼거린 철혼이 갑자기 빨라졌다.

몇 걸음 흙탕물을 튀기는가 싶더니 이내 빛살 같은 움직임으로 금륜명귀단과 혈갑악부 그리고 그들에게 합류한 구륜교 장로들을 일거에 덮쳐갔다.

"막, 막아라!"

"겁먹지 마라! 놈은 혼자다!"

장로들이 외쳤다.

하나 그들조차 당황하는 기색이 역력했다.

"이놈! 흑수라!"

천둥 같은 고함이 천지간을 뒤흔들었다.

구륜교주가 허공을 날아 철혼의 뒤에서 덮쳐왔다.

그러나 철혼의 움직임이 훨씬 더 빨랐다.

촌음간에 이십여 장을 돌파하더니 섬전 같은 도격을 폭풍처럼 펼쳤다.

구륜교의 장로들과 금륜명귀단 몇몇이 일거에 나가떨어졌다.

그와 동시에 수 장을 쇄도한 철혼이 수중의 칼을 번쩍 들었다가 자신을 향해 거대한 도끼를 찍고 있는 혈갑악부를 향해 거침없이 휘둘렀다.

번― 쩍!

공간이 양단되는 가운데 칼날을 타고 눈부신 섬광이 뇌전처럼 폭발했다.

"……!"

혈갑악부의 몸이 수중의 도끼를 잔뜩 치켜든 채 그대로 두 쪽으로 갈라져 버렸다.

패왕겁(覇王劫)에 이은 패왕뢰(覇王雷)의 도초였다.

무적패왕과는 다른 철혼만의 패왕굉뢰도였다.

철혼은 신형을 빙글 돌렸다.

수중의 칼이 공간을 수평으로 갈랐다.

쾅!

강렬한 충격에 놀란 구륜교주가 보였다.

그의 오른손에는 톱니처럼 날카로운 날이 촘촘하게 박혀 있는 황금빛의 금륜이 들려 있었다.

십성 전력을 다해 금륜을 찍었음에도 단칼에 막혀 버린 것이다.

"알량한 무공으로 사람들을 현혹하여 온갖 악행을 자행하였으니, 이제 그만 지옥으로 갈 때가 되었다."

철혼이 스산하게 내뱉으며 칼을 크게 휘둘렀다.

'쾅!' 하는 굉음이 다시 터지며 구륜교주의 금륜이 확 튕겨 버렸다.

구륜교주는 억지로 버티지 않았다. 튕겨내는 철혼의 힘을 발판으로 삼아 수 장을 날아가며 왼손에 쥐고 있던 금륜을 날렸다.

쒸— 잉!

굉음을 터뜨린 금륜이 허공을 쪼개며 철혼을 향해 날아들었다.

철혼은 금륜을 향해 쇄도했다.

찰나의 순간을 가르고 있는 금륜을 머리 위로 스쳐 가게 만든 후 땅을 박차고 단숨에 날아올랐다.

흙탕물을 사방으로 튀기며 허공으로 솟구친 철혼.

수중의 칼이 일도양단의 기세로 공간을 쩍 갈랐다.

"헉!"

다급성을 터뜨린 건 총귀다.

철혼이 그를 덮친 것이다.

구류교주와 철혼의 싸움에 끼어들지 말지를 망설이던 총귀를 철혼이 갑자기 덮쳤다.

총귀의 오른손이 반사적으로 움직였다.

철혼의 급습이 갑작스럽기는 했지만, 수십 년 동안 강호에서 암약해 온 총귀였다. 이 정도 급습에 속수무책으로 당할 그가 아니었다.

티— 잉!

기음이 터졌다.

총귀가 날린 무영탈혼삭(無影奪魂索)이 빛살처럼 뻗어가 철혼의 칼날을 강타했다.

그러나 얼굴이 확 일그러진 건 총귀였다.

철혼의 칼을 막지 못한 것이다.

경악할 일은 그뿐이 아니다. 막 튕겨나는 무영탈혼삭의 끝을 철혼의 왼손이 덥석 움켜잡아 버렸다.

평소라면 이게 웬 떡이냐며 상대의 손을 잘라 버렸을 총귀였으나 상대가 흑수라라면 상황이 달랐다.

총귀는 다급했다.

무영탈혼삭이 연결된 완갑을 벗어 던져야 했다.

그러나 철혼이 빨랐다. 총귀가 완갑을 벗기 전에 무영탈혼삭을 쥔 채 천뢰의 신공을 발출해 버렸다.

번— 쩍!

무영탈혼삭을 통해 천뢰의 기운이 총귀의 몸속으로 파고들었다.

"크윽!"

총귀가 신음을 터뜨리며 꼿꼿이 굳었다.

순간 구륜교주가 날린 금륜 두 개가 기음을 터뜨리며 거의 동시에 날아들었다.

철혼은 손을 뻗었다.

꼿꼿하게 굳어버린 총귀의 팔을 붙잡아 확 잡아당김과 동시에 섬뢰보를 펼쳤다.

"끄악!"

총귀가 비명을 터뜨렸다.

금륜들이 그의 몸을 훑고 지나갔다.

하나는 왼쪽 옆구리를 갈라놓았고, 또 하나의 금륜은 오른쪽 넓적다리를 잘라 버렸다.

총귀의 신형이 부들부들 떨었다.

날카로운 칼이 그의 등 뒤에 대어져 있었다.

"확실히 심장이 반대편에 있군."

철혼이 총귀의 귀에 대고 악마의 속삭임을 내뱉으며 칼을 쑤셔 박았다.

푸욱!

칼은 정확히 심장을 찔렀다.

총귀의 몸이 돌처럼 굳은 순간 철혼이 칼을 뽑아 그의 머리를 잘라 버렸다.

툭!

총귀의 머리가 흙탕물 속에 나뒹굴었다.

쒸─ 앙!

구륜교주가 날린 금륜들이 빗줄기를 가르며 날아왔다.

철혼은 발치에 뒹굴고 있는 총귀의 머리를 걷어찼다.

똑바로 날아간 총귀의 머리가 금륜에 의해 두 쪽으로 갈라졌다.

금륜은 조금도 힘을 잃지 않은 채 철혼을 향해 쏘아졌다.

철혼은 패왕겁을 펼쳐 금륜들을 쳐냈다.

그리고 튕겨져 날아가는 금륜들의 뒤를 따라 섬뢰보를 펼쳤다.

구륜교주가 양손을 뻗었다.

금륜들을 잡으려는 듯 보였다.

하나 그게 아니었다.

입가에 잔뜩 매달린 비웃음이 그걸 알려주었다.

그러나 철혼은 조금도 개의치 않고 천뢰의 신공을 모조리 쏟아냈다.

그 순간 구륜교주가 천둥 같은 폭갈을 터뜨렸다.

"구륜건양기! 죽어라!"

구륜교주의 두 손에서 황금빛이 폭발했다.

거대하게 소용돌이치는 황금빛의 기류가 일순간에 뻗어 나왔다.

날아오던 금륜들이 방향을 바꾸어 철혼을 향해 다시 날아갔다. 철혼은 천뢰신공을 잔뜩 머금은 칼을 전광처럼 휘두르고 있었다.

콰─ 앙!

무지막지한 충돌이 벌어졌다.

땅이 뒤집히고 쏟아지던 빗줄기가 허공으로 다시 튕겨져 솟구쳤다.

충격파가 천지사방을 휩쓸고 사라지자 거센 빗줄기가 다시 쏟아졌다.

그 속에 한 사람이 온몸으로 빗줄기를 맞으며 서 있었다.

대도를 길게 늘어뜨리고 홀로 우뚝 서 있는 남자.

흑수라 철혼이었다.

구륜교주는 철혼의 발치에 쓰러져 있었다. 전신이 갈기갈기 찢겨진 참혹한 모습이었다.

철혼 역시 온전하지 않았다. 금륜 하나가 철혼의 가슴에 박혀 있었다.

철혼은 금륜을 뽑아 구륜교주의 주검 옆에다 던졌다.

일만 구륜교도를 호령하던 교주의 신물 하나가 피와 흙탕물 속으로 잠겼다.

문득 철혼의 얼굴이 잔뜩 찌푸려졌다.

금륜이 박혔던 자리에서 핏물이 튀어서가 아니었다.

"금륜을 밀어냈어야 했어. 내 무공은… 아직 완전치 않아."

철혼의 중얼거림과 함께 빗속의 대혈전이 막을 내렸다.

*　　　*　　　*

싸움이 끝난 지 한 식경쯤 지났다.

눈치 빠르게 생긴 청년 한 명이 약해진 비를 맞으며 질펀한 땅을 달렸다.

바짓가랑이가 젖는 것도 마다하지 않고 다급하게 달린 청년이 향한 곳은 유가장이라는 현판이 걸린 장원이었다.

"싸움이 끝났습니다."

청년이 정문을 넘어서며 외쳤다.

그러자 객청에 축 처진 모습으로 앉아 있던 수십 명의 사람이 벌떡 일어서며 모여들었다.

큰 싸움에 벌어질 거라는 말에 유가장으로 미리 피신해 있던 사람들이었다.

"얼마나 죽어나갔던가?"

"그게 문제가 아닙니다. 죽은 사람들이야 어차피 무인이니 우리가 걱정해 줄 일이 아니지요."

청년의 말에 모두들 의아한 낯빛을 했다.

"어떡한답니까? 집이 모조리 부서져 버렸던데……."

청년이 안타깝다는 얼굴로 말꼬리를 흐렸다.

청년이 목격한 바로는 담벼락이 모조리 무너졌고, 이십여 채가 넘는 집이 부서졌다.

"우, 우리 집이 어찌 되었단 말인가?"

"우리 집은 어떻든가?"

사람들이 아우성치며 몰려들었다.

청년은 잔뜩 군은 얼굴로 힘들다는 듯이 말했다.

"전부요. 한 이십 채는 망가진 것 같으니까……."

청년의 말대로였다.

뇌주의 도심 일부가 쑥대밭이 되었다.

건물 이십여 채가 부서졌고, 골목과 거리를 경계하던 담벼락이 완전히 무너졌다.

사람들은 얼른 이해가 안 된다는 듯이 서로를 돌아봤다.

"칼싸움하는데 집이 왜 무너져?"

"싸운 게 아니고, 빈집을 털어 간 건가?"

사람들은 정말 모르겠다는 얼굴이었다.

청년은 설명하는 것조차 안타까웠다.

"상대가 도망치지 못하게 가두려고 수천 명이 담벼락을 무너뜨리고 집을 부쉈습니다. 마지막에 수장들이 싸울 땐 화탄이 터진 것처럼 아주 난리도 아니었습니다."

"그, 그게 정말인가?"

"예. 정 아저씨 집도 무너졌고, 옆에 변 숙부님 집도 지붕이 반쯤 무너졌습니다. 어쩝니까, 그거 언제 고친답니까?"

청년의 말에 사람들의 얼굴이 심각하게 변했다.

이제야 상황 파악이 되는 모양이었다.

"큰일 아닌가? 이러고 있을 때가 아니구먼."

"얼, 얼른 가보세."

사람들이 우르르 나가려고 했다.

그때 한 사람이 객청 입구로 들어섰다.

"유 대인, 들으셨습니까? 소인들의 집이 쑥대밭이 되었다고 합니다."

"허구한 날 쏟아지는 비를 어디서 피한답니까요?"

하소연하는 사람들.

유가장의 주인인 유맹상은 그런 사람들을 둘러보며 한숨을 쉬었다.

"싸움이 끝난 지 얼마 안 지났으니 좀 더 기다렸다 가보게."

"대인?"

"승자든 패자든 피가 완전히 식지 않았을 것인데, 괜히 마주쳤다가 횡액이라도 당하면 어쩌려고 그러는가? 먹는 건 내가 책임져 줄 테니, 불편하더라도 오늘은 에서 자고 내일 가보는 게 좋겠네."

유맹상의 말에 사람들은 송구하다는 말을 연신 입에 올리며 그 자리에 털썩 주저앉았다.

유맹상은 그런 사람들을 둘러보며 거듭 한숨을 내쉬었다.

'천벌을 받을 사람들 같으니, 싸울 거면 산도 좋고, 들판도 좋거늘 왜 하필 사람 사는 곳에 와서 난장을 친단 말인가.'

유맹상은 속으로 무인이라는 족속들의 행태를 욕하며 청년을 돌아봤다.

"너도 밖으로 싸돌아다니지 말고 이곳에 조용히 있거라."

"예, 대인."

"여기 지내는 동안 불편한 게 있는지 살펴보고 필요한 게 있으면 언제든 날 찾아오거라."

"감사합니다, 대인."

청년이 넙죽 허리를 숙이자 유맹상은 고개를 끄덕이며 돌아섰다.

그때였다.

"대인!"

유가장의 하인이 정문을 지나 곧장 달려왔다.

얼마나 급하게 달려오는지 신발이 벗겨지는 것도 내버려 두고 허겁지겁 달려왔다.

"무슨 일인데 그리 호들갑인가?"

"오, 옵니다요."

"오다니, 누가 온단 말인가?"

"그 사람들이요. 그 시커먼 사람들이 이리 몰려오고 있습니다."

"시커먼 사람들이라면 그 흑영대인가 하는 사람들 말입니까?"

청년이 끼어들었다.

유맹상이 맞느냐는 얼굴로 하인을 바라보자 하인이 연방 고개를 끄덕였다.

"그 사람들입니다요. 어쩝니까요?"

하인의 말에 사람들이 웅성거리며 불안한 표정을 지었다.

유맹상은 그런 사람들을 한 차례 둘러본 후 조용히 말했다.

"소란 떨지 마라. 내 알아서 그들을 돌려보낼 것이니, 너희는 무슨 일이 있더라도 여기서 나오지 마라. 알았느냐?"

"예?"

"대, 대인."

그러는 사이 정문을 향해 다가오는 묵직한 발걸음 소리가 들려왔다.

사람들이 긴장과 두려움 속에서 숨을 죽이고 있을 때였다.

"계시오?"

정문 밖에서 들려온 목소리에 힘이 넘쳐났다.

틀림없는 무인들의 자신감이었다.

유맹상은 미간을 찌푸리며 마주 소리쳤다.

"뉘시오?"

"잠시 얼굴을 뵙고 드릴 말씀이 있습니다."

유맹상은 저들이 자신을 찾아온 이유를 짐작조차 할 수가 없었다.

하나 그보다 더 중요한 건 무슨 이유로 찾아왔든 문전박대를 할 수는 없다는 것이었다.

"들어오시오."

유맹상이 허락하며 앞마당으로 걸어 나갔다.

그러자 유가장의 하인은 물론이고 청년과 사람들이 우르르 몰려나왔다.

"어허, 거기서 기다리라니까."

"어이쿠, 저 사람들이 몹쓸 짓이라도 하면 어쩝니까요? 소인들이 어떻게든 막아볼 테니, 그사이……."

"쓸데없는 말 말고, 거기 있게."

유맹상이 짐짓 호통을 치듯 말하자 사람들이 걸음을 멈췄다.

그사이 한 사람이 정문을 넘어 유가장 안으로 들어왔다.

그는 다름 아닌 흑영대 사조장 지장명이었다.

호리호리하고 작은 체구에 서글서글한 얼굴이었다. 거기에 사람 좋아 보이는 미소까지 짓고 있어 시커먼 무복이 아니라면 무인 같지가 않아 보였다.

"지장명이라고 합니다."

포권하며 예의까지 갖추자 유맹상의 뒤에 불안한 신색으로

서 있는 사람들의 두려움이 한결 줄어들었다.

'혼자 들어온 건 우리가 불안해하지 않도록 하기 위한 배려인가? 알다가도 모를 일이군. 사람 목숨을 파리 목숨처럼 여기는 무부들이 우리 같은 사람을 배려한단 말인가? 아니겠지. 뭔가 다른 속셈이 있을 것이야!'

유맹상은 내색을 감추며 최대한 담담하게 대꾸했다.

"유맹상이오. 무슨 일로 찾아오셨소?"

"죄송합니다. 목숨과 관계된 일이라 다른 이들의 삶을 망가뜨리는 것도 마다하지 않았습니다. 다행히 살아남았으니 우리가 입힌 피해에 대해 어떻게든 보상을 하고자 이리 찾아왔습니다."

지장명이 정중히 말했다.

그 말에 유맹상 뒤에 있는 사람들이 반색했다. 하나 유맹상은 무인들의 호의인지라 무턱대고 받아들이지 않았다.

"어떻게 하시겠다는 건지 모르니 얼른 받아들일 수가 없소이다. 일단 말씀을 해보시지요."

유맹상이 말투를 누그러뜨렸다.

지장명은 거듭 미안한 표정을 지으며 유가장 정문 밖을 향해 외쳤다.

"들어오십시오."

모두의 시선이 정문 밖으로 향했다.

기대와 불안감이 교차하는 표정들이었다.

그런 가운데 섭위문을 필두로 하여 흑영대 이십여 명이 줄줄이 정문을 넘었다.

처음 섭위문의 차가운 얼굴을 본 사람들은 내심 가슴이 덜컥했다.

하나 섭위문 뒤로 흑영대원들이 뭔가를 잔뜩 짊어지고 오자 혹시 하는 기대감을 품었다.

흑영대원들은 각자 짊어지고 온 것들을 객청의 지붕 아래에 놓았다.

곡식이 잔뜩 들어 있는 포대, 비단, 심지어 금은보화를 넣어 두는 데 사용하는 궤짝까지 보였다.

"이게 다 무엇이오?"

"듣기로 유가장의 장주께서 인망이 두텁기로 뇌주 제일이라 하더군요. 해서 감히 부탁드립니다. 부족하나마 본 흑영대의 싸움으로 피해를 입은 분들께 골고루 나누어 주십시오."

지장명이 정중히 포권하며 그같이 말하니 유맹상의 두 눈이 휘둥그레졌다.

'진심인가? 칼 찬 주제에 완전히 불한당은 아니라는 건가?'

*　　　*　　　*

"보상은?"

"해남도 거점을 탈탈 털었습니다. 지금쯤이면 일조장이랑 그거 나눠 주러 갔을 겁니다."

탁일도의 보고에 철혼이 고개를 끄덕였다.

이번 싸움으로 가장 큰 피해를 본 곳은 집을 잃어버린 양민들이다.

무인들이야 칼끝에 목숨을 내걸고 사는 족속들이니 죽으면 그것으로 끝이다. 분할 것도 아쉬울 것도 없다. 자신의 목숨을 스스로 칼끝에 내걸었거늘 누구를 원망한단 말인가.

하나 양민들은 아니다.

그들은 아무 죄 없이 삶의 터전을 잃어버렸다.

흑영대는 싸움이 끝나자마자 뇌주를 지배하던 해남도의 거점으로 향했다.

전리품은 승자의 당연한 권리이고 해남도가 쌓은 부는 뇌주 반도를 강점한 것이니 그들의 금고와 창고를 터는 데 눈곱만큼의 거리낌도 없었다.

피해를 입은 양민들의 정신적 피해까지 보상해 주지는 못하겠지만, 다시 생활을 이어갈 수 있는 자금은 되어줄 터였다.

"몸은 어떻습니까?"

"난 아무렇지도 않아. 그보다 삼조장은 좀 어때?"

"힘듭니다."

삼조장 능인의 부상은 심각했다.

장창이 가슴을 완전히 꿰뚫었기에 한쪽 폐에 구멍이 나버렸다.

무공은커녕 움직이지도 못하고 침상에 누워 있었다.

의원의 말로는 살 수 있을지 의문이고, 살아난다 하여도 몇 년 동안은 병상을 떠날 수 없을 거라고 했다.

철혼은 한동안 말이 없었다.

무슨 생각을 하는지 입을 꾹 다물고 천장만 올려다보았다.

그 옆에서 탁일도도 입을 다물었다. 마음이 무겁기는 그 역시 마찬가지였다.

일각여가 그렇게 침묵 속에 흘러갔다.

"방법을 찾아."

"예. 예?"

"능 조장을 살릴 방법을 찾으라고."

"대주!"

"방법만 찾아. 천년 묵은 이무기 내단이 필요하면 이무기가 있는 곳만 찾아. 놈을 죽이는 건 내가 할 테니까."

"내단은 무슨, 그런 게 있을 리가 없잖습니까?"

"그럼 저렇게 내버려 둘 거야?"

"그건 아닙니다. 알겠습니다. 찾아보겠습니다."

탁일도는 고개를 끄덕일 수밖에 없었다.

찾아야 하기 때문이다. 찾아야 한다. 없는 방법을 만들어서라도 반드시 찾아야 한다.

탁일도가 결연한 표정을 지으며 밖으로 나갔다.

혼자 남은 철혼은 탁일도가 두고 간 약사발을 집어 던졌다.

"멍청한 놈!"

짜증이 솟구쳤다.

삼조장이 저렇게 된 건 총귀를 얕잡아 본 자신의 실수였다. 좀 더 신중했어야 한다는 자책에 화가 치밀었다.

"대주님! 괜찮습니까?"

밖에서 흑영대원의 목소리가 들렸다.

철혼은 억지로 화를 가라앉혔다. 대주는 흔들리는 모습을 보이지 말아야 하는데, 또 다른 실수를 하고 말았다.

"괜찮아. 별일 아니니 신경 쓰지 마."

철혼이 밖을 향해 말하자 더 이상 물어오지 않았다.

철혼은 침상에 우두커니 앉아 있었다.

흐르는 시간 속에 화를 다스렸다.

2장

다시는 흔들리지 않겠어

뇌주 바닥에 소문이 돌았다.

검은 마귀가 수천 명을 몰살시켰다는 소문이다.

사람의 몸이 터지고, 팔다리와 머리가 막 뽑혀 나갔다고 했다. 지옥에서 뛰쳐나온 마귀가 수천 명을 찢어발기고 지금은 보현림에 머물고 있다고 했다.

하나 그것도 잠시, 검은 마귀가 수하들을 시켜 집을 잃어버린 사람들을 후하게 보상해 주었다는 소문이 나돌면서 이전의 소문과 충돌했다.

검은 마귀가 수천 명을 찢어발긴 것을 보았다는 목격자는 없고, 보상을 받은 사람만 수십이었다.

검은 마귀 무리가 천하영웅맹의 흑영대였다는 사실과 그들이 사도천을 상대로 무수한 전적을 올린 사실이 순식간에 번지면

서 사람들의 입에서 검은 마귀라는 말이 쏙 들어가 버렸다.

"아직 사도천이나 흑도의 잔당들이 남아 있는 모양입니다. 아니면 해남도일 수도 있고. 어찌할까요? 찾아볼까요?"

"됐어. 썼어내도 다시 손을 뻗을 거야. 우리가 손이 남아도는 것도 아니고, 대놓고 활동할 정도만 아니면 일단 내버려 두지."

"알겠습니다."

철혼의 말에 지장명이 고개를 끄덕였다.

물었던 그도 같은 생각을 하고 있었기에 더는 언급할 필요가 없었다.

"삼조장을 회복시킬 방안은?"

철혼이 물으며 조장들을 둘러보았다.

그러나 어느 누구도 대답을 못했다. 망설이는 이조차 없다. 하긴 의원도 방도가 없다고 한 것을 조장들이라고 방법이 있을까.

철혼도 이해 못할 바는 아니다.

그러나 이대로 삼조장을 내버려 둘 수는 없었다. 그는 흑영대에 꼭 필요한 사람이었다. 게다가 삼조장이 그렇게 된 건 총귀를 얕잡아 본 자신의 실수가 분명했다.

철혼은 무거운 표정을 지으며 지장명에게 물었다.

"다음은 귀주성이라고 했지?"

"예."

귀주성에는 암향총(暗香塚)이 있다.

천하 살수 무리 중 으뜸인 곳이다.

정과 사 가리지 않고 거래를 하여 금액만 맞으면 누구라도 죽여주는 곳이다.

하지만 알려진 것과는 별개로 감추어진 것이 있으니, 그게 사실이라면 천하영웅맹 이제 중 한 사람인 적도제(赤刀帝)를 뿌리부터 흔들 수 있다.

"좋아. 이틀 후에 출발할 것이니, 그때까지 인근의 의원을 죄다 찾아가서라도 삼조장을 살릴 방도를 알아보도록 해."

"알겠습니다."

철혼의 명령에 섭위문이 대답했고, 나머지는 고개만 끄덕였다. 다들 무거운 표정이었다.

"다른 안건은?"

없는 모양이다.

무거운 표정을 지을 뿐 입을 여는 이가 없다.

철혼은 자리에서 일어났다.

"난 삼조장한테 가볼 테니까, 조별로 대원들을 뽑아 가까운 의원들한테 보내도록 해."

같은 명령을 반복해서 내린다.

확실히 평소의 철혼과 다른 모습이다. 삼조장의 부상에 막중한 책임감을 느끼고 있음을 역력히 내비쳤다. 가슴속의 화를 다스리는 것이 다가 아닌 것이다. 어떻게든 밖으로 드러나고 만다.

그러나 철혼은 인식하지 못했다.

"그렇게 하겠습니다."

섭위문이 대답하자 철혼은 밖으로 나갔다.

문을 열고 밖으로 나오자 습한 공기가 폐부를 적셨다. 비가 그친 지 한참 됐지만 공기 중에는 습기가 가득했다.

철혼은 곧장 능인의 거처로 향했다.

마주친 보현림의 식솔들이 철혼을 보고는 화들짝 놀라는 반응을 보였다.

아마도 검은 마귀에 대한 소문을 들은 모양이다.

철혼은 모른 척 지나쳤다.

잠시 후 능인이 머물고 있는 객방 앞에 선 철혼은 들어가지 못하고 말없이 방문을 바라보기만 했다.

평소에는 말이 없다가도 작전에만 나가면 누구보다 열성적으로 움직이는 능인의 모습이 떠올랐다.

—너한테 바라는 게 뭐가 있겠냐? 죽지만 마라. 그러면 네 몫은 하는 거다.

철혼이 신입일 때 능인이 지나가며 해준 말이다.

당시에는 자신을 무시하는 거라고 여겼다.

몇 번의 작전을 거치면서 무시하는 것이 아님을 알게 될 때까지 능인을 보고도 제대로 된 예의를 갖추지 않았었다. 일종의 반발인 셈이다.

—작전에 실패하면 다음에는 실패하지 않도록 이를 갈면 그만이야. 하지만 동료를 잃게 되면 그 아픔이 심장 한켠에 콱 박혀 버린다. 두고두고 아릿하지. 정말… 싫거든. 그런 아픔은…… 그래도 어쩌겠냐, 버텨야지.

처음으로 동료를 잃었던 날 슬픔에 잠긴 철혼에게 술병을 건네주며 능인이 한 말이다.

철혼은 그날 능인이 했던 말을 결코 잊어본 적이 없다.

후에 전임대주에게 제 수하조차 지키지 못하면서 무슨 천하를 바꾸겠다는 거냐고 항변한 것도 능인의 영향이 크다고 할 수 있다.

'어쩌겠소, 버텨야지.'

잠시 생각에 잠겼던 철혼은 천천히 문을 열었다. 약 냄새가 열린 문틈으로 확 풍겨왔다.

철혼은 천천히 안으로 들어갔다.

"대, 대주님……."

사홍이 퉁퉁 부은 눈으로 맞아주었다.

철혼은 고개만 끄덕여 주고는 침상 가까이 다가갔다.

능인은 잠들어 있었다.

얼마나 맞았는지 곤죽처럼 짓이겨진 얼굴이 아직 제 모습을 찾지 못하고 있었다.

능인의 얼굴을 보고 있자니 총귀를 너무 쉽게 죽인 게 후회가 되었다.

그때는 총귀가 달아날까 저어되어 단숨에 죽여 버렸다.

"두들겨 패서 죽일 걸 그랬어……."

"예?"

철혼의 중얼거림에 사홍이 놀라 물었다.

철혼은 아무것도 아니라고 말하며 사홍을 바라봤다.

"밥은 먹었어?"

"괜찮습니다."

"먹지 않은 거야?"

"배고프지 않습니다."

"삼조장이 일어날 때까지 너한테 맡길 생각인데, 생각을 바꾸어야겠군."

"예?"

"먹지 않으면 네가 먼저 지칠 거야. 그럼 삼조장을 제대로 간호할 수가 없게 되겠지. 그럴 바에야 차라리 다른 사람에게……."

"다녀오겠습니다."

철혼의 말이 끝나기도 전에 사홍이 밖으로 나갔다.

철혼은 실소를 머금으며 사홍이 앉았던 자리에 앉았다.

얼굴조차 엉망인 능인을 바라보았다. 숨결조차 힘겹게 이어지고 있어 몹시 가슴 아팠다.

"어쩌겠어, 살았으니 버텨야지. 어떻게든 이겨내고 일어나야 하지 않겠느냔 말이야. 일어나지 않으면 지옥까지 쫓아가서 멱살을 잡아 끌고 올 테니까, 그 꼴 당하기 싫으면 억지로라도 일어나."

능인이 듣기라도 한다는 듯이 혼자 중얼거리더니 손을 뻗어 능인의 완맥을 쥐고 천천히 자신의 내력을 흘려보냈다.

절대의 경지에 올라서면 자신의 내력을 이용해 다른 이의 내상을 치유할 수도 있다고 들었다. 하나 철혼은 무공만 강했지 그런 부분까지는 알지 못했다.

그럼에도 내력을 흘려보내는 건 단지 능인의 상태가 어떤지 살펴보기 위함이었다.

그런데 미약하게 흐르고 있는 능인의 내력이 반발했다.

다독이고 포용하여야 한다. 그래야 충돌하지 않는다.

하지만 부술 줄만 아는 철혼에게는 무리다.

천지간의 만물을 기꺼이 포용하고 있는 대자연의 그 장엄하고 도도한 흐름을 완전히 각득한다면 모를까 지금의 철혼에게는 꿈도 꾸지 못할 일이다.

괜히 시도했다간 내력의 충돌로 더 심각한 위험을 초래할 수도 있다.

철혼은 도리 없이 내력을 거둬들였다.

"어떻습니까? 다스릴 수 있겠습니까?"

기대 어린 목소리가 들려왔다.

듣는 이의 마음을 편안하게 만들어주는 목소리의 주인은 다름 아닌 보현림의 주인이었다.

철혼은 자리에서 일어나 그를 맞았다.

"아직 공부가 부족합니다."

환자의 내력을 다스릴 수 없다는 대답에 보현림의 주인이자 의원인 현위학의 얼굴에 실망의 기색이 잠깐 떠올랐다가 사라졌다.

"하긴 그 나이에 타인의 내기(內氣)를 다스려 내가요상술(內家療傷術)을 펼칠 수 있다면 그게 더 이상한 일이겠지요."

철혼이 비켜서자 능인의 맥을 살펴보더니 가슴 곳곳에 여러 개의 침을 꽂았다.

얼마나 신중하게 꽂는지 십여 개를 꽂는 데 일다경이라는 시간이 흘렀다.

현위학은 침을 꽂은 채 맥을 짚어보더니 다시 한 식경쯤 지나자 침을 뽑았다.

뽑을 때도 극도로 조심스럽게 뽑더니 다시 맥을 짚었다.

"어떻습니까?"

현위학이 능인의 손을 놓아주자 철혼이 물었다.

"무공을 모르는 사람이었으면 벌써 죽었을 상처요. 다행히 내력이 스스로 조식(調息)하고 있으니 한 달 정도는 버틸 수 있을 게요."

달리 말하면 한 달 후면 죽을 거라는 뜻이다.

철혼의 표정이 무거워지자 현위학이 다시 말했다.

"사람의 목숨은 하늘이 정한다지 않소? 분명……."

"하늘의 뜻과는 상관없습니다. 살려야 합니다. 제가 살려낼 겁니다. 하니 방도만 알려주십시오."

"수하되는 분께 이미 말했습니다만, 방법이 없습니다."

"좀 전에는 내기를 다스릴 수 있겠냐고 물었잖습니까?"

"공부가 부족하다고 하지 않았소?"

"내기를 다스려 내가요상술을 펼칠 수 있다면 치유할 수 있습니까?"

"내가요상술이 무슨 하늘이 내린 요상술인 줄 아시오? 그걸 해도 확률은 반반이오. 그리고 그런 사람을 어디서 찾는단 말이오?"

철혼의 얼굴에 실망이 잔뜩 떠올랐다.

"그런 표정 짓지 마시오. 내 의술이 부족하여 미안해지잖소."

"아닙니다. 충분히 감사하고 있습니다."

철혼이 정중히 읍하자 현위학이 미안한 얼굴로 손사래를 쳤다.

"그러지 마시오. 의원이 되어 아무것도 하지 못하고 있으니 참으로 낯부끄럽소."

현위학은 능인을 한 번 더 살펴보더니 등을 돌렸다.

현위학이 침술을 펼치고 있을 때 식사를 마치고 와 있던 사홍이 옆으로 비켜섰다.

하나 얼굴로는 어떠냐고 묻고 있었다.

현위학은 모른 체할 수가 없어 억지로 입을 열었다.

"아직은… 괜찮소."

현위학이 밖으로 나가자 사홍은 침상 가까이 다가왔다.

시무룩한 얼굴로 능인을 바라보았다.

그 모습이 어찌나 애처로운지 철혼은 자리에서 일어났다.

"잘 보살펴 줘."

"예, 대주."

사홍이 반사적으로 대꾸했다.

철혼은 사홍의 어깨를 한 차례 두들겨 주고는 밖으로 나갔다.

*　　　*　　　*

거리를 걸었다.

흙탕물이 튀겼고, 땅이 질퍽거렸다. 그럼에도 거리마다 사람이 제법 많았다.

이 정도로는 사람들의 부지런함을 막을 수 없는 모양이다.

하긴, 가진 것 없는 사람들이 게으르기까지 하면 굶어 죽을 수밖에 없다. 아니면 다른 이의 것을 강탈하거나.

뺏기는 걸 좋아할 사람은 없다. 충돌이 일어나는 건 필연이고, 그 와중에 피를 보고 목숨을 잃는다.

강탈하려다 목숨을 잃으면 인과응보다.

강탈당하고 목숨을 잃으면 억울하다. 한이 된다.

그 한은 자식에게 남는다.

복수를 부르고 또 다른 피와 목숨을 잃게 만든다.

복수를 하기 위해서는 강해져야 한다. 원수보다 강해지기 위해서 무공을 익힌다.

복수를 당하지 않기 위해서도 더 강해져야 한다.

또 다른 이의 것을 강탈하기 위해서도 더 강해져야 한다.

각자가 원하는 바가 있어 강해지려는 사람들이 속속 생겨나고 뛰어난 무공을 익힌 자들이 거리를 활보한다.

어깨를 으스대며 자신을 과시한다. 상대와 부딪쳐 보고 자신이 더 강함을 포효한다.

죽은 자는 말이 없고, 모든 것을 빼앗긴다.

약육강식!

강하지 않으면 먹힌다.

강한 자는 더 강한 자에게 당한다.

먹이사슬이다.

먹이사슬의 최상위에 있는 포식자는 지배자다.

워낙 강하기에 뭐든 할 수 있다.

굳이 목소리를 높일 필요도 없다.

한마디면 족하다.

"안내해."

두 눈에 독기가 가득한 사내지만, 말 잘 듣는 아이처럼 문을 열고 안으로 안내한다.

그럴 수밖에 없다.

상대는 그가 감히 쳐다볼 수도 없는 강자고, 자칫 잘못 화를 부추겼다간 자신이 속하는 곳이 몰살당하고 말 테니까.

"여기서 잠시만 기다려 주십시오."

"계속 안내해."

염왕보다 배는 더 두려운 이의 명이다.

어찌 거부할까.

사내는 감히 버티지도 못하고 계속 안내한다.

그 와중에 몇몇 동료가 다가왔으나 나서지 말라고 서둘러 손 짓하여 물러나게 만든다.

결국 두 명의 사내가 지키고 있는 심처까지 안내한다.

"뭐냐?"

오른쪽 사내가 인상을 험악하게 일그러뜨리며 묻는다.

정문을 지키는 놈이 심처까지 외인을 안내해 오니 뭔가 수상 쩍고……

"헉!"

단순한 외인이 아니다.

흑의에 혈루.

걸음을 걸을 때마다 철그럭 소리가 들렸다.

"흑… 흑……."

흑수라는 말을 입에 담는 것조차 두려운 모양이다.

철혼은 자신을 알아보는 장한들 앞에서 짤막하게 내뱉었다.

"열어."

열지 않는다.

막으려는 게 아니라 알아듣지 못한 것이다.

검은 마귀라는 흑수라의 입에서는 '죽어라!' 라는 말이 나왔어야 한다. 그러지 않고 다른 말이 나오자 당황한 것이다.

하나 자신이 무슨 말을 들었는지 알아차리는 데는 그리 오래 걸리지 않는다.

철혼이 다시 입을 열기도 전에 서둘러 문을 열고 만다.

철혼은 활짝 열린 문 안으로 성큼 걸어들어 갔다.

"어찌 이곳을……."

얼굴에 하얗게 분칠을 한 여인이 반쯤은 혼이 나간 얼굴로 철혼을 맞았다.

철혼은 눈앞의 여인을 똑바로 바라보았다.

"천하의 창기들은 하나로 연결되어 있다던데, 맞나?"

눈에 띄게 당황하는 여인.

철혼이 묻는 이유를 짐작조차 할 수가 없어 뭐라 대답을 할 수가 없었다.

철혼은 다시 묻지 않았다.

그저 바라보기만 했다.

철혼의 차가운 얼굴과 눈빛에 한없이 주눅이 든 여인은 결국 대답할 수밖에 없었다.

"맞습니다. 하지만 저희는 흑도가 아닙니다."

"알아."

"예?"

"화화문(和花門)은 창기들의 버팀목이라지?"

"예?"

거듭 놀라는 여인.

철혼은 그런 여인에게 시선을 고정시킨 채 낮게 깔린 음성으로 말했다.

"옆방에서 귀를 세우고 있는 쥐새끼는 화화문에서 어떤 위치에 있지?"

"예?"

"쥐새끼 짓을 하는 것으로 봐서 문주는 아닐 거고, 말해봐. 신분이 어떻게 되지?"

"그, 그건⋯⋯."

하얗게 질린 여인은 대답하지 못했다.

철혼은 더 압박하지 않았다.

눈앞의 여인이 말하지 않겠다면 직접 물으면 그만이다.

철혼은 탁자 위의 물잔을 집어 던졌다.

가볍게 던진 것 같은데, 벽에 구멍이 뻥 뚫리더니 옆방의 반대편 벽까지 날아가 굉음을 터뜨리며 그 벽을 부숴놓았다.

그러자 그 옆방에서 헛바람 들이켜는 소리가 들리더니 곧이어 작은 인영 하나가 철혼이 있는 방문을 열고 씩씩거리며 들어왔다.

"뭐예요? 왜 남의 집을 부수고 지랄이에요?"

들고양이처럼 생기가 넘쳐나는 자의 여인이다.

소녀에 가까운 외양이나 얼굴이 동안인 스물 전후의 아가씨가 분명했다.

하나 그런 건 철혼의 눈에 들어오지 않았다.

"물을 게 있다."

"남의 집에 와서 행패를 부려놓고 묻긴 뭘 물어요? 누가 흑수라라는 이름에 겁먹고 얌전히 대답해 줄 것 같아요?"

"대답해야 할 거야."

"뭐예요? 행패라도 부리겠다는 거예요? 천하의 흑수라가 이렇게 무뢰한일 줄은……."

"두 번이면 우연이지만, 세 번이면 우연일 수가 없다."

"그건 또 무슨……."

여인은 입을 다물었다.

철혼의 눈빛이 너무 사나웠던 까닭이다.

"천화루(天花樓), 천녀루(天女樓) 그리고 여기. 천녀루에서 알았을 때는 소봉이 지켜보라고 보낸 건 줄 알았다. 하지만 여기에서까지라면 그녀일 수가 없다."

"왜지요?"

"은소봉은 화화문에 들지 않았으니까."

"틀렸어요."

"……."

"은 언니는 본 문에 가입했어요."

"그런가?"

"그래요."

"알겠다. 그럼 이제 날 따라다닌 이유를 물어볼까?"

"그거야 잘난 흑수라니까……."

"그런 변명은 듣고 싶지 않다."

"……."

"대답도 하지 않아도 돼. 중요한 건 나를 미행했다는 것이고, 그것에 대해 내가 화를 낼 이유가 충분하다는 거니까."

"마치 꼬투리를 잡겠다는 말로 들리는군요."

자의 여인의 표정이 변했다.

철혼의 태도가 생각보다 진지하다는 걸 알았기 때문이다.

"맞아."

"왜지요?"

"알고 싶은 게 있으니까."

"그럼 물으면 되잖아요."

"그냥 물으면 순순히 대답해 줄까?"

"아니요. 아니에요. 세상에 공짜는 없어요."

"맞아. 세상에 공짜는 없다. 그러니 순순히 대답하는 게 좋을 거다."

철혼의 말에 자의 여인의 표정이 더욱 굳었다.

"지금 협박하는 건가요?"

"그래, 협박하고 있는 거다."

"당황스럽군요. 협객을 자처하는 분께서 이토록 무례하게……."

"웃기는군. 내가 협객놀이를 하는 것 같나? 나와 흑영대가 영웅이 되고 싶은 멍청이들 같나?"

"예?"

"너희 맘대로 우릴 재단하려 들지 마."

자의 여인은 당혹하다는 표정이었다.

철혼은 그런 여인을 바라보며 싸늘히 말했다.

"난 누군가가 날 미행하는 걸 좋아하지 않는다. 하지만 내가 묻는 것에 성의 있게 대답해 주면 참아주겠다."

철혼이 마지막 엄포를 놓았다.

자의 여인은 긴장했는지 마른침을 꿀꺽 삼켰다.

철혼은 여인의 긴장감이 더 커지도록 약간의 시간을 두고 천천히 물었다.

"죽은 자도 살릴 수 있는 영약이 있는 곳과 죽은 자도 살릴 수 있는 신의가 있는 곳을 말해라."

"예?"

당황하는 자의 여인.

그녀의 입장에서는 철혼의 물음은 황당한 것이었다.

그러나 철혼은 진지했다.

천하의 온갖 수컷을 상대하는 기녀들이니 별의별 정보가 화화문으로 흘러들어 갈 거라는 게 철혼의 생각이었다.

"그러니까 지금……."

"잡설은 생략하고 대답만 해. 모르면 상부에 연락을 하도록 하고."

철혼은 협박을 마다하지 않았다.

능인을 구하는 일이거늘 무엇을 마다할까, 게다가 이들은 자신에게 잘못을 했다. 그 보상이랄 수는 없지만, 거래 정도는 될 수 있다.

그것이 지금 이 순간 철혼의 머릿속에 가득한 생각이었다.

하나 자의 여인은 철혼의 뜻대로 해주지 않았다.

"몰라요. 아니, 알아도 대답 못해요."

철혼의 표정이 더욱 싸늘해졌다.

하나 자의 여인 역시 물러서지 않았다.

"죽일 테면 죽여봐요. 본 문이 그렇게 우습나요? 협박하면 제 속곳 색까지 나불나불 내뱉을 것 같아요?"

쌍심지까지 켜며 달려들 기세였다.

철혼은 그 모습을 차갑게 바라보다 벌떡 일어나며 탁자를 힘껏 내려쳤다.

쾅!

탁자가 부서졌다.

자의 여인이 움찔했다.

그러나 작심한 듯 물러나지 않았다, 목을 길게 내빼며 오히려 한 발 다가왔다.

철혼은 그 모습을 보며 손을 뻗으려다가 그만두었다.

아무 말도 하지 않고 열려 있는 문밖으로 나가 버리는 철혼.

자의 여인은 철혼이 완전히 멀어지자 한숨을 내쉬었다.

"휴우! 언니 말대로 성질이 고약하네. 그건 그렇고 영약과 신의는 왜 찾는 거지?"

"다친 사람이 있는 모양이지요."

하얗게 분칠을 한 여인이 대꾸하자 자의 여인이 뭔가 퍼뜩 떠오른 표정을 지었다.

"아, 그 인질! 그 사람 상태가 심각한 모양이구나!"

밖으로 나온 철혼은 어두운 하늘을 올려다보았다.

그의 마음도 저 하늘만큼 어두웠다.

'멍청한 놈!'

자의 여인을 더 몰아붙이지 못한 자신을 욕했다.

하지만 지금 다시 돌아간다고 해도 그러지 못할 것이다.

능인의 목숨이 위태롭지만, 그렇다고 폭력을 행사하고 강짜를 부릴 수는 없다. 자신을 미행했다는 건 꼬투리에 불과했다. 그걸 빌미로 몰아붙인다면 결국은 흑도가 자행하던 짓과 뭐가 다르겠는가.

그건 능인이 목숨을 걸고 걸어온 길을 욕보이는 짓이다.

흑영대의 존재를 부정하는 것이다.

능인을 반드시 살려야 하지만 그렇게는 안 된다.

방법이 있을 것이다.

분명 방법이 있다.

포기하지 않으면 살릴 수 있다.

어쩌면 조장들이 뭔가 방법을 알아냈을 수도 있다.

철혼은 걷기 시작했다.

그의 걸음 끝에는 보현림이 있었다.

*　　　*　　　*

"사홍… 다시 보니 반갑다."

능인이 힘겹게 한 말이다.

퉁퉁 부은 얼굴로 애써 웃는다.

사홍은 가슴 한구석이 아파와 견딜 수가 없었다.

"웃지 마요."

"흉하냐?"

"그래요. 흉하니까 웃지 마요."

"큰일이군. 키가 작아서 여자들한테 내밀 건 얼굴뿐인데……."

"그깟 얼굴을 어디서 내밀어요?"

"너……."

"기분 나빠요? 나쁘면 한번 붙어볼래요?"

능인이 조원들에게 늘 하던 말이다.

감정의 동물이라 그런지 대원들도 지치다 보면 감정이 격해지고 서로 아웅다웅할 때가 있었다.

그럴 때면 능인은 가만히 있지 않았다. 불만이 있고 기분 나쁘면 한번 붙으라고 부추겼다.

재밌는 건 그렇게 으르렁대던 이들이 한바탕 쏟아내고 나면 언제 그랬냐는 듯이 감정을 풀어버렸다.

―여기가 막혀서 그래. 그러니까 여기가 답답하면 언제든 내게 말만 해. 내가 한바탕 상대가 되어줄 테니까.

능인이 제 가슴을 두들겨 대며 조원들에게 한 말이다.

사홍은 조원들을 세심하게 대하는 능인의 그런 모습이 무척 마음에 들었다.

"왜 말이 없어요?"

"아파 죽겠구만, 적당히 약 올려라."

"그러게 누가 그런 꼴이 되래요?"

"누가 이러고 싶어 당한 거냐?"

"매사 조심 또 조심하라면서요?"

"조심해도 당할 때가 있는 법이다."

"더 조심했어야지요."

"총귀 늙은이가… 크윽!"

능인이 말을 하다 말고 고통스러워했다.

사홍은 깜짝 놀라 능인의 상처 부위를 향해 손을 뻗다가 말고 어쩔 줄을 몰라 했다.

이때 능인의 손이 불쑥 뻗어와 사홍의 손목을 확 움켜잡았다.

"봤지? 조심해도 이렇게 당하는 수가 있는 법이다. 크크큭!"

능인이 통쾌하다는 듯 웃었다.

하나 곧 뭔가 이상하다는 생각에 사홍을 보니 눈물이 글썽글썽한 것이 금방이라도 흘러내릴 것 같았다.

"사, 사홍……."

"가슴은 괜찮아요?"

사홍이 눈물을 훔치며 물었다.

능인은 미안한 얼굴로 짤막하게 대답했다.

"그래."

"그럼 됐어요."

사홍이 됐다고 했지만, 능인은 뭔가 말을 해야 할 것 같았다. 하나 무슨 말을 해주어야 할지 머리만 복잡했다.

그때였다.

문이 왈칵 열리며 한 사람이 불쑥 들어왔다.

"어! 깨어났네?"

하여령이었다.

반가운 얼굴로 다가오더니 능인이 사홍의 손목을 잡고 있는 것을 보고는 묘한 미소를 흘렸다.

"오매불망하더니, 드디어 성공했구나!"

"그런 거 아니에요."

사홍은 얼른 능인의 손을 뿌리쳤다.

그 때문에 상처가 충격을 받았는지 능인이 신음을 흘렸다.

"윽!"

"괜찮아요?"

"괜찮아, 괜찮아!"

능인이 서둘러 말하며 자신을 건드리지 말라고 손을 들어 막았다.

그러나 말과는 달리 능인의 얼굴은 잔뜩 일그러졌다.

"의, 의원을 불러올게요."

"괜찮아. 됐어."

사홍이 다급히 뛰쳐나가려고 하자 능인이 억지로 표정을 풀며 만류했다.

"정말 괜찮은 거냐?"

하여령이 물었다.

능인은 살짝 고개만 끄덕였다.

"하아! 오늘은 아주 좋지 않은 날이네. 한 놈은 여기서 이 모양이고, 대주는 밖으로 나간 지 한 시진 만에 돌아와서는 조장들 돌아왔냐고 헛소리나 지껄이고 있고."

하여령의 탄식에 능인이 눈을 크게 떴다.

"조장들이 나간 지는 얼마나 됐는데?"

"대주랑 거의 비슷한 시각에 나갔으니까 한 시진 정도인데 왜?"

"대주님 표정은?"

"삼조장이 이 꼴인데 좋겠어? 아주 울기 직전이야."

"사홍, 가서 대주님 좀 모셔와."

"왜요?"

"조장들을 밖으로 보낸 지 한 시진밖에 안 되었다는 걸 인식하지 못할 정도라면 문제가 있다."

"문제라니요?"

"대주님을 봐야 알겠지만, 아무래도 심리가 무척 불안한 것 같다."

철혼의 심리가 불안한 것 같다는 말에 하여령과 사홍이 서로를 쳐다보며 걱정스런 표정을 지었다.

"아닐 수도 있으니까, 가서 대주님을 모셔 와봐."

"아, 알겠어요."

사홍이 서둘러 밖으로 나갔다.

"후원에 있을 거야."

하여령이 서둘러 외쳤다.

하나 사홍이 빠르게 사라져 버린 후였다.

"들었겠지?"

"그래."

못 들었어도 찾는 데 오래 걸리지 않을 것이니 상관없다.

하여령은 능인의 얼굴을 뚫어져라 바라보았다.

"왜?"

"많이 아프지?"

"……?"

"사홍이야 너 걱정하느라고 보고도 못 보지만… 그렇게 억지로 버티지 마."

"넌 걱정 안 하냐?"

"걱정한다고 낫는 건 아니잖아."

"그래도 그렇지 서운하려고 그런다."

"걱정하고 있어. 다만… 난 다르잖아."

하여령의 말에 능인은 이내 고개를 끄덕일 수밖에 없었다.

불운한 어린 시절을 보낸 하여령은 남녀의 유별에 대해 잘 모를 뿐만 아니라 사람의 감정에 대해서도 무척 서툴렀다.

능인은 알겠다는 듯 고개를 끄덕였다. 그러다 문득 생각났다는 얼굴로 물었다.

"아까 오매불망이라고 한 건 무슨 뜻이냐?"

"몰랐어?"

"뭘?"

"사홍이 널 사모하는 거."

"……!"

능인의 표정은 아주 가관이었다.

너무 놀랐는지 죽은 붕어처럼 입만 벌린 채 멍청히 쳐다보고 있었다.

다행히 인기척이 들려와 그 표정을 계속 짓지 않아도 되었다.

"모셔 왔습니다."

사홍이 먼저 안으로 들어서며 말했다.

능인은 그녀를 똑바로 쳐다보지 못하고 뒤의 철혼에게 시선을 고정시켰다.

먼저 입을 연 건 철혼이었다.

"깨어났군?"

"예."

능인은 대답하면서도 철혼의 얼굴을 뚫어져라 쳐다봤다.

그것이 이상했는지 철혼이 물었다.

"뭐 필요한 게 있나?"

"언제 출발할 겁니까?"

"출발? 무슨… 다음 작전 말인가?"

"예."

"삼조장이 깨어났으니 내일 출발하지."

"어디입니까?"

"귀주성."

"암향총입니까?"

"그래. 근데 그건 왜 묻지?"

"암향총을 친 후에는 어떻게 할 겁니까?"

"적도제를 잡아야지."

철혼이 대답한 순간 능인의 얼굴이 다소 굳었다.

"흔드는 게 아니고 잡는 겁니까?"

"그래. 잡을 생각이야."

"잡을 자신은 있습니까?"

그제야 철혼이 이상하다는 표정을 지었다.

"하고 싶은 말이 뭐야?"

"대주님, 빨리 결판을 내고 싶습니까?"

대답을 못하는 철혼.

능인은 그런 철혼을 바라보며 계속 말했다.

"제가 쓰러지고, 다른 대원들이 더 쓰러질까 봐 빨리 결판을
내서 이 지긋지긋한 싸움을 끝내고 싶습니까?"

"삼조장은 아니야?"

"마음만으로 되는 게 아니잖습니까?"

다시 대꾸를 못하는 철혼.

"흑영대에 들어올 때 목숨을 걸었습니다. 저뿐만이 아니고
모든 대원이 전부 다 그랬습니다. 대주님은 아닙니까?"

"……"

"대원들이 쓰러지면 아파하십시오. 사람인데 응당 그래야지
요. 하지만 그 때문에 흔들리지는 마십시오."

"흔들리지 않았어."

"흔들리고 있습니다."

"……?"

"아직은 적도제를 상대할 능력이 안 되잖습니까."

흑수라와 흑영대가 이제가 포함된 십주를 모조리 죽일 수는 없다.

벽력도패(霹靂刀覇)와 철혈무검(鐵血武劍)을 쓰러뜨린 건 상당한 운이 작용했음이다.

물론 철혼이 그들을 상대할 만큼 강해진 건 사실이다.

하지만 그만큼 강해진 것 자체가 가히 천운에 가까웠다.

이제를 제외한 다른 십주들과 능히 겨룰 수 있다고 자신하지만, 딱 거기까지다.

이제는 십주 중에서도 절대라 불릴 정도로 위대한 강자들이다.

그런 이제를 상대한다는 건 철혼에겐 무리다.

철혼 역시 잘 알고 있는 바다.

알고 있으면서도 적도제를 상대하겠다는 건 초조해서다.

대원들이 자신의 눈앞에서 무수히 죽어버릴까 봐 불안해하고 있는 것이다.

"적도제는 상대할 수 없습니다. 애초 계획대로 그의 근간을 흔드는 것으로 만족해야 합니다."

능인의 말에 철혼은 아무 말도 할 수가 없었다.

"대주님은 적에게는 무자비합니다만, 대원들에겐 그렇지 않습니다. 겉으로는 엄격한 척하지만 속으로는 대원 모두에게 마음을 쓸 정도로 온순하고 따뜻합니다. 그걸 알기에 대원들이 대주님을 좋아하고 따르는 겁니다."

"다른 능력은 없다는 말로 들리는군."

"대원들을 이끄는 건 일조장님과 이조장님이 더 낫습니다.

하지만 두 분은 얼음과 불이라 상극입니다. 그런데도 지금까지 하나로 화합할 수 있었던 건 대주님이 계시기 때문입니다. 두 분이 워낙 대주님을 좋아하기에 자신들의 성질을 죽여가며 하나가 된 겁니다."

말을 쏟아낸 능인은 숨을 죽이고 철혼을 쳐다봤다.

수하들의 말에 귀를 기울일 줄 아는 철혼이니 이 정도면 알아들었으리라 여겼다.

다행히 철혼이 고개를 끄덕였다.

"내가 흔들렸던 모양이군."

사실 흔들리지 않을 수가 없었다.

절대의 경지에 올라선 철혼은 대원들의 심리 상태가 한눈에 파악되었다.

대원들은 잠깐씩 불안해하고, 염려가 한가득이었지만, 이내 조장들과 대주를 보고 굳건히 마음을 다잡았다.

하나 불안해하는 대원들을 볼 때마다 철혼도 조금씩 흔들렸다.

그러다 이번에 흑영대 전체가 백척간두의 위기에 처하게 되고, 와중에 능인이 크게 당하는 것을 보게 되자 이렇게는 안 되겠다는 생각이 들었다.

자신이 무리를 해서라도 승부를 보아야겠다는 생각을 하기에 이르렀다.

조급해진 것이다.

다행히 이제라도 알았으니 마음을 다잡아야 한다.

"다시는 흔들리지 않겠어."

철혼이 힘주어 말했다.

그러나 능인은 듣지 못했다. 고통에 일그러진 얼굴로 혼절해 버렸다.

철혼은 능인의 얼굴을 한참동안 내려다보다 사홍을 향해 돌아섰다.

"부탁해도 되겠지?"

사홍이 힘주어 고개를 끄덕였다.

철혼은 사홍의 어깨를 가볍게 두들겨 주고는 밖으로 나갔다.

"저런 사람은 하늘도 쉽게 안 데려가, 너무 걱정하지 말고 잘 간호해."

"예."

하여령의 말에 사홍이 고맙다는 얼굴로 대답했다.

하여령은 피식 웃어주고는 철혼의 뒤를 따라 밖으로 나갔다.

사홍은 문을 닫고 침상 곁의 의자에 앉았다. 얼마나 아픈지 자면서도 고통스러워하는 능인의 얼굴을 안쓰럽게 지켜보았다.

"조장……."

두 시진 후 어둠이 깔리자 조장들이 대원들을 데리고 속속 복귀했다.

하나 모두들 표정이 좋지 않았다.

철혼은 굳이 물어보지 않아도 알아내지 못했다는 걸 알 수 있었다.

마지막으로 섭위문이 돌아왔지만, 그 역시 표정이 어두웠다.

"아직 시간이 충분하니까 방법이 있을 거야. 모두들 수고했어, 가서 쉬도록 해."

철혼은 애써 밝은 얼굴로 말했다.

"삼조장은 좀 어떻습니까?"

"괜찮아. 아직 죽을 때가 안 되었는지 나한테 한참 잔소리를 하더군."

철혼이 웃으며 말했다.

대원들은 달라진 철혼의 모습에 안도했고, 철혼은 안도하는 대원들의 심리를 꿰뚫어 보고는 더욱 밝은 표정을 지으려고 애썼다.

"들어가지. 오늘은 간만에 술 한잔씩 하는 것도 괜찮을 것 같아."

철혼이 섭위문의 어깨에 팔을 올리며 그렇게 말할 때였다.

보현림의 정문 사이로 얼굴을 빼꼼히 내미는 이가 있었다.

가장 먼저 돌아본 철혼은 상대의 정체를 한눈에 알아보았다.

"무슨 일이지?"

"거래를 하려고 왔어요."

자의 여인이 정문을 넘어서며 생긋 웃었다.

3장

두려움은 본시 공평하다

"무슨 거래?"

철혼의 목소리는 공격적이었다.

그 자리에서 말하라는, 다가오는 것조차 허락하지 않겠다는 기색이 역력했다.

그러나 자의 여인은 싱긋 웃는 얼굴로 흑영대원들을 둘러보며 잘도 다가왔다.

"와! 멋지네요!"

자의 여인이 탄성을 터뜨렸다.

그녀의 눈은 흑영대원들을 담아 보느라 빠르게 움직였다. 동경하는 사람들을 보는 것처럼 들뜬 기색이었다.

그러나 갑자기 경풍이 불더니 눈앞이 새까맣게 보였다.

"어?"

자의 여인이 당혹성을 터뜨리고 보니 눈앞에 철혼이 우뚝 서 있었다.

서늘한 눈빛으로 내려다보면서.

"내가 우습게 보였나 보군."

"그게 아니라……."

"내 앞에서는 여자라는 게 방패가 되어주지 못한다."

"그게 아니라니까요. 거래, 거래를 하러 왔다구요!"

자의 여인이 빽 소리를 질렀다.

어찌나 크게 질렀는지 이내 콜록거리며 기침을 해댄다.

철혼은 이맛살을 잔뜩 찌푸렸다.

"내가 원하는 건 한 가지뿐이다."

"알아요. 바로 그걸로 거래를 하려고 해요."

"말해봐."

"그쪽에서는 뭘 줄 건데요?"

"내가 줄 수 있는 건 많지 않다. 원하는 걸 말해봐."

자의 여인은 침묵했다.

뭔가 답을 찾는 사람처럼 곰곰이 생각하는 듯하더니 결국 고개를 저었다.

"사실 아직 정하지 못했어요. 당신이 궁금해하는 걸 알아보느라 서류라는 서류는 죄다 뒤져보았어요. 그리고 찾자마자 곧장 뛰어왔고."

자의 여인은 잠시 말을 멈추더니 철혼이 생각지도 못한 뜻밖의 말을 꺼내놓았다.

"이렇게 하지요. 당신이 원하는 걸 알려 드릴 테니, 내가 원하는 건 나중에 말하기로. 어때요?"

"좋다."

"정말요?"

"그래."

"나중에 내가 자살하라고 하면 어떨 건데요?"

"널 죽여 버리겠다."

"그건 거래가 아니지요."

"맞다. 그건 말장난이다. 그러니까 죽여 버리겠다는 거다."

철혼의 표정이 무서웠다.

두 눈이 시퍼런 빛을 쏟아내는 것 같았다.

자의 여인은 자신도 모르게 마른 침을 삼켰다.

"말, 말장난 아니에요."

"그럼 말해봐."

"계림(桂林)에 있어요."

"광서성 계림?"

"예. 그곳에 귀수독의(鬼手毒醫)라고 독을 다루는 괴인이 있
는데, 죽은 자도 벌떡 일어나게 만든다고 해요."

자의 여인이 뭔가에 홀린 것처럼 반사적으로 대답했다.

철혼은 자의 여인의 얼굴을 뚫어져라 내려다보다 한쪽으로
고개를 돌렸다.

"어떻게 생각하십니까?"

"흠, 독술인 모양이오. 좌도방문이라 손가락질 받는 독술이
지만, 사람 살리는 일에 그런 구분이 무슨 소용이겠소? 또 이독
제독은 의가에서 두루 쓰이는 처방이니, 충분히 신빙성이 있을

것이오."

"감사합니다."

"환자를 살릴 길이 열린 것 같으니 기쁘기 그지없소."

현위학이 제 일처럼 기뻐해주었다.

철혼은 감사를 거듭 표한 후 섭위문을 돌아봤다.

"당장 출발할 준비를 하도록."

"존명!"

섭위문이 명을 받들자 철혼은 탁일도에게 시선을 돌렸다.

"이조장은 삼조장한테 가서 떠날 준비를 하도록 하고, 오조장은 마차와 가마를 구해 오도록 해."

철혼의 명에 대원들이 일사불란하게 움직였다.

그 모습을 잠시 지켜본 철혼은 자의 여인에게 시선을 돌렸다.

"고맙다. 원하는 게 생기거든 언제든 날 찾아오도록 해라."

약속을 지키겠다는 말도 하지 않았다.

하지만 자의 여인은 철혼이 자신의 약속을 반드시 지킬 거라는 걸 알았다.

'흑수라는 그만한 무게가 있는 남자니까. 언니는 왜 이런 남자를 낮춰보는 실수를 저질렀을까? 그 실수만 아니었어도……'

자의 여인의 상념은 길게 이어지지 못했다.

탁일도가 당황한 기색이 역력한 얼굴로 달려왔기 때문이다.

"대주!"

자의 여인을 배웅하려던 철혼이 의아한 얼굴로 돌아보자 탁일도가 빠르게 소리쳤다.

"삼조장이 사라졌습니다."

"……!"

장내에 찬물을 끼얹은 것 같았다.

모든 대원이 하던 동작을 멈추었다.

"그게 무슨 말이야?"

"삼조장이……."

탁일도가 말을 마치기도 전에 사홍이 눈물을 흘리며 앞으로 나섰다.

"조장이 다시 정신을 차렸는데… 제 머리를 쓰다듬어 줘서 너무 좋았는데… 근데 너무 졸려서 저도 모르게 그만 잠이 들었어요. 죄송해요. 죄송합니다. 조장은, 조장은……."

무슨 일이 벌어진 것인지 대번에 알아차렸다. 삼조장이 사홍의 혈도를 짚어 잠을 재운 것이다.

다시 말해 삼조장 스스로 사라진 것이다.

"서찰을 남겼습니다."

철혼은 탁일도가 내민 서찰을 빠르게 받아보았다.

─죽으려고 사라지는 거 아니니까, 염려 마시길. 최대한 빠른 시일 안에 복귀할 것이니 그때까지 본 조는 사홍에게 맡겨주십시오.

그게 다였다.

암만 살펴봐도 더 이상의 글은 없었다.

"읽어봤어?"

사홍에게 묻자 고개를 젓는다.

철혼은 서찰을 넘겨주었다.

"조, 조장……!"

"죽으러 간 거 아니라니까 그만 울어."

철혼은 그같이 말하며 서찰을 돌려받아 섭위문에게 건넸다.

"읽어보고 잘 보관해 둬. 무단이탈이니까 돌아오는 대로 벌을 줘야겠어."

"알겠습니다."

섭위문이 대답하자 철혼은 대원들을 돌아보았다.

"삼조장이 돌아올 때까지 삼조는 사홍이 맡는다. 사홍은 삼조를 데리고 지금 당장 오조를 찾아오도록."

오조는 마차와 가마를 구하기 위해 밖으로 뛰쳐나갔다. 빠른 시간에 그들을 찾으려면 서둘러 움직여야 할 터였다.

그러나 사홍은 아직 정신을 차리지 못하고 있었다.

"사홍!"

철혼이 추상같이 호통을 쳤다.

사홍이 화들짝 놀라 철혼을 쳐다봤다.

"내 명을 못 들었나?"

"아, 아닙니다!"

반사적으로 대답한 사홍이 주위를 두리번거리더니 자신의 바로 뒤에 삼조원들이 있는 걸 발견하고는 화급히 입을 열었다.

"따, 따라와!"

뭔가에 놀라 도망치는 것 같은 사홍의 뒤를 삼조원들이 줄줄이 따라나갔다.

"괜찮겠습니까?"

탁일도가 물었다.

철혼은 고개를 끄덕였다.

"조원들은 조장이 가장 잘 아니까. 일단 믿고 맡겨보지."

탁일도가 알았다는 듯 고개를 끄덕였고, 이때 섭위문이 다가와 낮은 목소리로 말했다.

"지금 쫓으면 찾을 수 있을지도 모릅니다."

"찾지 마."

"예?"

"삼조장은… 자신이 무얼 해야 하는지 잘 알고 있는 모양이야. 그러니 기다려 주자고."

"그렇군요."

섭위문이 고개를 끄덕이고 물러가자 철혼은 자의 여인을 돌아봤다.

"상황이 달라졌지만, 거래는 거래니까. 약속은 지킬 거야. 바라는 게 생기거든 언제든 찾아오도록 해."

"아니, 그게……."

"차 한 잔 대접 못해서 미안하지만, 다음에 보도록 하지."

"그, 그래요."

자의 여인이 조용히 돌아섰다.

얼굴에는 염려와 아쉬움이 가득했다.

이윽고 자의 여인이 정문 밖으로 사라지자 철혼은 섭위문과 탁일도를 향해 말했다.

"삼조장이 그 몸으로 움직이고 있는데 우리가 편하게 쉴 수는 없다. 지금 출발할 거니까. 일각 안으로 준비 마치도록 해."

흑영대원들은 다시 일사불란하게 움직이기 시작했다.

＊　　　＊　　　＊

"아이를… 찾아야 해."

죽은 자의 넋두리처럼 음울한 목소리가 골목 안으로 깔려 들어왔다.

만월이 뜬 밤이지만 검은 구름 뒤에 숨어 얼굴을 알아볼 수가 없었다.

휘청거리며 골목으로 들어선 괴인은 잠시 담벼락에 의지하여 숨을 헐떡이더니 다시 걷기 시작했다.

북망산을 오르는 걸음처럼 힘겹게 내딛더니 그리 높지 않은 돌담을 구렁이처럼 넘어간 후 이내 마당 안쪽으로 '쿵!' 소리를 내며 굴러떨어졌다.

그 소리에 초가집의 방문이 열리며 오십 줄의 초로인이 놀란 얼굴로 더듬거리며 물었다.

"뉘, 뉘시오?"

"살려주십시오."

괴인의 숨넘어가는 목소리에 초로인은 천천히 다가갔다.

죽은 자처럼 안색이 창백한 청년이었다.

옷은 여기저기 찢어져 핏물 범벅이라 초로인을 더욱 놀라게 만들었다.

"살, 살려……."

"이보시오!"

초로인은 다급히 축 늘어지는 청년의 어깨를 붙잡아 흔들었다.

"할아버지……."

방 안에서 손녀가 부르자 초로인이 뒤를 돌아보며 말했다.

"나오지 말거라."

"그 아저씨 다쳤어요?"

"오냐, 할애비가 알아서 할 테니 넌 나오지 말거라."

그때였다.

두 눈을 번쩍 뜬 청년이 와락 몸을 일으키며 초로인의 머리통을 잡아 단숨에 뽑아버렸다.

핏물이 왈칵 쏟아졌다.

창백한 얼굴의 청년은 초로인의 머리를 높이 치켜들고 그 아래로 쏟아지는 핏물을 꿀꺽꿀꺽 마셔댔다.

그 섬뜩한 광경에 방 안의 소녀가 돌처럼 굳은 채 오들오들 떨었다.

너무 놀라 비명조차 지르지 못했다.

"이제야 살 것 같군."

초로인의 머리통을 담벼락을 향해 던져 버린 청년은 방 안의 소녀를 향해 붉게 물든 흰 이를 드러내 사악하게 웃었다.

구름 위로 얼굴을 내민 만월이 청년의 얼굴을 비춰주었다.

소녀를 바라보는 두 눈의 눈동자가 잔뜩 비뚤어져 있는 사시안 청년이었다.

"널 할애비가 있는 곳으로 보내줄 테니 무서워 말거라. 킥킥킥!"

사시안 청년이 괴소를 흘리며 소녀를 향해 다가갔다.

세 걸음을 옮겼을 때였다.

픽!

돌연 뭔가가 사시안 청년의 가슴을 꿰뚫었다.

대경한 사시안 청년이 걸음을 멈추고 구멍이 뻥 뚫려 있는 자신의 가슴을 내려다본 순간 뒤늦게 어둠을 찢어발기는 파공음이 들려왔다.

'이렇게……!'

사시안 청년이 사색이 된 얼굴을 치켜든 순간, 그의 머리통이 몸통에서 분리되어 허공으로 둥실 떠올랐다.

그리고 땅으로 떨어지기 전에 어둠을 찢어발기는 파공음이 들려왔다.

'소리보다 빨라?'

사시안 청년이 마지막으로 한 생각이었다.

털썩!

뒤늦게 사시안 청년의 몸뚱이가 땅바닥으로 쓰러졌다.

그와 동시에 탄탄한 체구의 괴인이 홀연히 나타났다.

등에 커다란 철궁을 진 노인이었다.

노인은 사시안 청년의 몸뚱이를 내려다보더니 심장이 있는 부위를 정확히 발로 밟아버렸다.

심장이 터졌는지 '픽!' 소리가 나더니 사시안 청년의 몸뚱이가 잔 경련을 일으켰다.

시커먼 연기 같은 사이한 기운이 울컥울컥 흘러나와 노인의 다리를 휘감으려 들었다.

노인은 물끄러미 내려다보더니 발을 들어 '쿵!' 하고 밟아버렸다.

시커먼 기운은 '펏!' 하고 사라졌다.

이때 십여 개의 그림자가 속속들이 마당 안으로 내려섰다.

노인은 방 안에 떨고 있던 소녀를 돌아보았다.

소녀는 더 이상 떨고 있지 않았다. 기이한 표정을 지은 채 시체와 피를 물끄러미 응시하고 있었다.

월광이 그런 소녀를 비추었다.

불그스름한 기운이 소녀의 전신에서 일렁이고 있어 심상치 않아 보였다.

"천살성을 받고 태어난 아이다. 피를 보았으니 돌이킬 수 없다. 죽여라."

노인의 명이 떨어지기가 무섭게 철시 하나가 날았다.

퍽!

철시는 정확히 소녀의 미간에 틀어박혔다.

붉게 물든 눈으로 노려보며 괴로움에 몸부림치는 소녀.

일각여가 흐른 후 간헐적으로 진저리를 치던 소녀가 축 늘어졌다. 원통하다는 듯 두 눈을 부릅뜨고 마당을 내다본 채 죽었다.

하나 소녀가 바라보는 마당에는 두 구의 시체만이 핏물 속에 나뒹굴고 있었다.

*　　　*　　　*

철혼과 흑영대가 밤새 달려 도착한 곳은 광서성 옥림(玉林)이
었다.

옥림은 광서성 남부에 위치한 곳이다.

흑영대의 목적지는 귀주성 귀양(貴陽)이니, 북서쪽으로 움직
여야 한다. 튼튼한 전마로 이동하고 있으니 늦어도 삼 일이면
당도할 거라.

"객잔을 찾을까요?"

옥림을 코앞에 두고 섭위문이 물었다.

철혼은 대원들을 둘러보았다.

두 개 조로 나누어 절반은 푸른 청삼으로, 나머지 절반은 누
런 황의로 갈아입은 대원들의 모습이 조금 낯설게 보였다.

하나 어쩔 수 없다.

사도천과 천하영웅맹의 이목을 조금이라도 따돌리려면 눈에
띄는 복장부터 바꿔야 했고, 뢰주를 빠져나오면서 광주 쪽으로
흔적을 남기고 방향을 트는 수고까지 마다하지 않았다.

"육포가 떨어졌나?"

"갑자기 출발하는 바람에 준비하지 못했습니다."

도리 없다.

객잔에 들러야 한다.

잠은 잠시 참을 수 있지만, 먹는 건 참아서는 안 된다. 배가
든든해야 힘이 나는 법이다.

대신 두 개로 나눈 조를 다시 두 개로 나누어 객잔에 각각 들
를 것이다.

"탁 조장이 먼저 출발하고, 우린 한 식경 후에 움직이도록 하

지. 충분히 먹고 쉰 후에 이곳에서 다시 합류한다."

철혼의 명이 떨어지자 청의를 입고 있는 절반이 앞서 움직였다.

선두는 탁일도를 비롯한 이조였다.

"삼조장은 괜찮겠지요?"

섭위문이 넌지시 물었다.

"알고 있었나?"

"야밤에 이동하자는 말씀이 조금 억지스럽게 보였습니다."

"그렇군."

철혼은 고개만 끄덕일 뿐 더 이상의 말을 하지 않았다.

그것만으로도 섭위문은 자신의 생각이 틀리지 않았다는 걸 알았다.

삼조장 능인은 아직 보현림에 있다.

그가 무슨 생각으로 그 같은 일을 벌였는지는 모르나 허투루 움직일 이가 아니니 뭔가 생각이 있을 것이다.

단순히 흑영대에 짐이 되지 않기 위해 그 같은 일을 벌이지는 않았을 것이다.

'귀림으로 가든 아니면 다른 방도를 찾아가든 조만간 만날 수 있겠지.'

섭위문은 능인을 믿었다.

멀쩡해진 모습으로 다시 만날 날을 기대하며 잠시 머릿속에서 떨쳐내었다.

"사홍은 생각보다 심지가 굳은 모양입니다."

삼조 역시 청의를 입었다. 그래서 탁일도가 이끄는 쪽에 합류하여 앞서 갔다.

철혼은 울먹이던 간밤의 모습과는 완전히 달라진 사홍의 모습을 떠올리며 고개를 끄덕였다.

"책임감 때문이겠지."

"조장이라는 책임감 말입니까?"

"아니, 능 조장의 빈자리를 지키겠다는 책임감이야."

"음, 뭔가 납득이 잘 안 됩니다."

"능 조장을 좋아한다는 말이야."

"아!"

섭위문이 이제야 알겠다는 표정을 지었다.

철혼은 그런 섭위문을 돌아보며 문득 떠오른 바가 있었다.

"섭 조장은 여령을 어떻게 생각하지?"

"어떻게 생각하다니요?"

"여자로서 말이야."

"글쎄요, 여인에 대해 워낙 문외한인지라 뭐라 말씀드리기가 곤란하군요."

섭위문이 어렵다는 표정을 지으며 대답했다.

철혼은 그런 섭위문을 빤히 바라보았지만, 뭔가를 알아내기에는 표정과 기운이 너무 담담했다.

'내색을 않는 건가? 아니면 정말 마음에 없다는 건가? 알 수가 없군.'

철혼은 내심 고개를 갸웃하며 시선을 돌렸다.

그러는 사이 시간이 지났고 섭위문의 지시하에 천천히 이동하기 시작했다.

＊　　　＊　　　＊

쾅!

한 청년이 탁자를 내려치고 벌떡 일어났다.

탁자 위의 음식물들이 쏟아졌지만, 자리를 함께하고 있는 십여 명 중 누구도 신경 쓰지 않았다.

"그래서 천하영웅맹이 해준 게 뭐가 있는데?"

"몰라? 몰라서 물어?"

"그래 모르겠다. 몰라서 묻는 거니까 니가 말해봐라."

"쌍도문(雙刀門)을 몰아냈잖아. 흑룡기(黑龍旗)도 도망쳤고."

"대신 백살파(百殺派)가 생겨났잖아!"

"여기서 백살파 이야기가 왜 나와?"

"왜 나오냐고? 너야말로 몰라서 묻는 거냐?"

"그래. 나도 모르겠다. 잘난 니가 말해봐라."

"흑도를 지배한 백살파가 십승당(十昇堂)의 돈줄이라는 건 옥림 사람이라면 죄다 아는 사실이다. 그리고 십승당이 호남성 흑룡가(黑龍家)와 줄이 닿아 있다는 건 천하가 아는 사실이고, 안 그래?"

"십승당이 흑룡가 소송이라는 건 맞지만 백살파가 십승당 돈줄이라는 건 억측이다."

"허구한 날 십승당을 들락거리는 데 억측이라고?"

"야, 누가 뭐래도 옥림을 지배하는 건 십승당인데, 흑도 주제에 인사도 안 하냐?"

"선량한 사람들의 피땀을 강탈하는 놈들인데, 정도의 태양입네 하는 사람들이 인사를 받아? 그게 말이 돼?"

"그렇다고 흑영대처럼 물불 안 가리고 죄다 죽이냐? 그렇게 하면 사도 무리와 다를 게 뭐냐?"

"뒤에서 흑도 무리를 조종하는 것보다는 백배 낫다. 그리고 흑영대가 흑도를 쓸어버린 게 물불 안 가린 짓이냐? 세상천지가 다 아는 사실을 가지고 종기 같은 자들을 도려낸 건데……"

"틀렸어. 칼밥을 먹고 살아도 법도가 있어야 한다. 명확한 증거와 증인이 있지 않는 한 함부로 칼을 휘둘러서는 안 돼. 그리고 누가 흑도를 조종한다는 거냐? 증거도 없는 말을 함부로 지껄이지 마라. 십승당에서 알면……"

"알면? 뭐? 내가 틀린 말 한 것도 아니고……!"

열심히 언쟁을 벌이던 두 사람이 동시에 입을 다물었다.

두 사람의 격한 언쟁을 두 무리로 나누어 지켜보던 청년들도 응원하는 것을 멈추고 한 곳을 바라보았다.

사오십은 되어 보이는 무리가 객잔 앞마당으로 들어서고 있었다.

청년들은 그들의 정체를 한눈에 알아보고 서둘러 시선을 돌렸다.

백살파와 십승당이었다.

최근 광동에서 흑영대가 흑도의 무리를 쓸어버리고 있다는 소문이 떠돈 이후 저렇게 대놓고 몰려다녔다.

"이 층에 특석을 준비해 두었습니다."

객잔 주인이 마중 나와 공손히 굴었다.

그러나 구레나룻이 무성한 털북숭이 중년인이 주위를 둘러보더니 앞마당에 마련된 자리로 향했다.

"더운데 뭘 안으로 들어가? 여기서 먹지."

"그럼 그럴까요? 장씨, 석 대형하고 여기서 먹을 거니까 이리 내오도록 해."

털북숭이 중년인이 자리에 앉자 함께 온 주걱턱의 중년인이 객잔 주인에게 명령을 내리듯 하였다.

털북숭이 중년인은 십승당의 부당주인 석도융이었고, 그 앞에서 굽실거리는 주걱턱의 중년인은 백살파의 수장인 마둥이었다.

두 사람 다 손속이 잔인하기로 유명해서 저들이 나타나면 사람들은 자리를 피하기에 바빴다.

"알겠습니다. 잠시만 앉아 계십시오."

객잔 주인이 넙죽 조아리고는 총총히 사라졌다.

이때 열띤 언쟁을 벌이던 청년들이 자리에서 일어나 슬쩍 자리를 피하려고 했다.

"범장!"

석도융이 갑자기 부르자 천하영웅맹과 십승당을 두둔하던 청년이 뒤를 돌아보며 공손히 포권하며 인사했다.

"범장이 부당주님을 뵙니다."

"봤으면 인사부터 해야지. 내가 부르게 만드냐?"

"손님이 계셔서 감히 인사 여쭙지 못했습니다. 죄송합니다."

"죄송은 무슨, 됐고. 수삼 일 내로 부친께 기별을 보낼 테니까 그때 본당에서 보도록 하자."

십승당에 입당해도 좋다는 당주의 재가가 떨어졌다는 뜻이
다.

범장이 넙죽 허리를 숙였다.

"예, 감사합니다."

"그래. 열심히 해라. 그건 그렇고 향원, 요즘 너에 대한 말들
이 많더라. 입조심해야겠다."

흑영대를 두둔하던 청년이 범장을 쏘아보다 석도융의 말에
흠칫하는 반응을 보였다.

하나 결연한 표정을 지으며 석도융을 똑바로 바라봤다.

"비록 배운 것 없고, 일신의 무공도 형편없지만, 어디 가서 그
릇된 말을 해본 적이 없습니다."

"그래서?"

석도융의 목소리에 날이 섰다.

하나 향원은 가슴을 펴고 말했다.

"입조심할 일도 없다는 겁니다."

"그래?"

"그렇습니다."

"강호에는 되돌릴 수 없는 게 두 가지가 있다는 말을 들어본
적이 있느냐?"

"없습니다."

"좋아, 버릇없는 후배라도 후배는 후배니까 가르쳐 주지. 강
호에서 결코 되돌릴 수 없는 두 가지는 이미 내뱉어진 말과 휘
둘러진 칼이다. 네가 내뱉은 말이 칼이 되어 네 목을 자를 수도
있으니 조심 또 조심해라."

"장부는 목에 칼이 들어와도……."

"넌 장부가 아니다."

"……!"

"넌 그냥 버러지다. 밟으면 배가 터져 죽는 버러지 말이다. 그러니까 나대지 마라."

석도융의 말이 칼이 되어 향원의 가슴을 꽉 찔렀다.

과거 한때는 광서성 전체에서 알아주었다는 쾌검향가가 이젠 버러지로까지 전락하고 말았다.

향원은 힘이 없다는 게 이토록 수치스럽다는 걸 새삼 깨달았다.

하나 힘이 없다하여 말도 못하고 살 수는 없었다.

"제가 버러지든 장부든 간에 아닌 건 아닌 겁니다."

"호오! 기개가 있다 이거냐? 좋다. 그럼 여기 백살파가 있으니까 네놈이 떠벌리고 다니던 말을 얼마든지 해보아라."

석도융이 백살파주 마등을 가리켰다.

마등은 험악한 인상을 더욱 험악하게 만들며 향원을 향해 똑바로 섰다.

뿐만 아니라 날이 시커먼 낫을 꺼내 들며 한마디라도 잘못 꺼내면 당장에라도 목을 따버리겠다는 듯 살벌한 태도를 취했다.

갑작스런 상황에 향원은 물론이고 청년들은 연방 마른 침을 삼키며 두려워했다.

대부분 이류 무관의 자제들이거나 제자였기에 십승관은 말할 것도 없고 혹도에 불과한 백살파조차 상대할 힘이 없었다.

"그런 거다. 힘이 없는 입은 쥐새끼의 찍찍 소리만도 못하는 법이다."

향원이 말을 못하자 석도융이 조소하며 내뱉었다.

마등조차 입가에 비웃음을 잔뜩 베어 물고는 낫을 집어넣으며 돌아섰다

상대할 가치도 없다는 모습이었다.

그뿐인가. 흑도의 하잘것없는 무뢰배들조차 향원을 깔보고 비웃었다.

"가, 가세."

청년 중 하나가 향원의 소맷자락을 잡아끌었다.

향원은 수치심에 전신을 부들부들 떨었다.

객잔을 둘러싼 담벼락 너머에 이십여 명이 우두커니 서 있었다.

철혼과 흑영대 일조 그리고 사조였다.

사조장 지장명은 철혼이 가던 걸음을 멈추고 객잔의 상황에 귀 기울이는 모습이 염려가 되었다.

혹여 끼어드는 건 아닌지.

놀림감이 되고 있는 청년이 안타깝긴 하나 지금 흑영대가 끼어들 처지가 아니었다.

뢰주를 벗어나면서 흔적을 다른 곳으로 돌리고 여기까지 왔다.

흑영대가 이곳에 있음이 발각되는 건 그리 오래가지는 않겠지만, 조금이라도 늦어지는 게 좋다. 그래야 사도천과 천하영웅맹의 대응을 늦출 수 있다.

'대주, 때로는 크게 보아야 할 때도 있는 법입니다.'

지장명은 철혼이 다시 움직이기를 기다렸다.

다행히 철혼이 걸음을 옮기기 시작했다. 전마의 고삐를 잡은 채 방향을 틀었다.

객잔에 사람이 바글거리니 다른 곳을 찾아보려는 것이다.

그러나 철혼의 걸음은 그리 오래가지 못했다.

담벼락 안쪽에서 들려오는 청년의 목소리가 철혼의 걸음을 단단히 붙잡아 버렸다.

"선량한 사람들의 피와 땀을 강탈하니 하늘을 대신해서 흑영대가 네놈들을 벌하고 있는 것이다. 버러지라고 언제까지고 버러지일 것 같으냐! 버러지 중에도 뛰어난 자가 있어 언제고 변태하고 탈피해서 이무기가 되고 청룡이 되어 하늘로 날아오를 것이다. 그런 자들이 모여 제이, 제삼의 흑영대가 될 것이니 하늘 아래 흑도는 씨가 마를 날이 기필코 올 것이다. 그뿐이냐? 흑도를 배후에서 조종하고 양민들의 고혈을 빨아먹는 거머리 같은 족속들도 모조리 벌을 받고야 말 것이다."

청년의 말이 끝난 순간 철혼이 돌아섰다.

"대주님……."

지장명이 나직이 불렀다.

"저토록 우릴 믿고 있는데, 모른 척할 수는 없잖아?"

"그게 아니라, 저 청년을 살리자면 모조리 죽여야 한다는 말씀을 드리려던 참입니다."

"그럼, 그렇게 하지."

철혼은 놀라는 지장명에게 말고삐를 넘겨주고 섭위문을 돌아봤다.

"여기에 있다가 혹여 도주하는 자가 있거든 처리해."

"존명!"

섭위문이 명을 받들자 철혼은 객잔의 입구를 향해 걸었다.

이때 객잔 안의 상황은 쥐죽은 듯 고요했다.

두 눈에 힘을 주고 있는 향원의 모습은 제법 당당했다. 과거 쾌검향가의 모습이 이랬을지도 모른다.

하나 지금은 과거가 아니었다.

사람들은 향원의 무모함에 안타까워할 수밖에 없었다.

짝짝짝짝!

석도융이 갑자기 박수를 쳤다.

막 화를 폭발하려던 마등은 향원을 잡아먹을 듯이 노려보며 대기해야 했다.

"훌륭한 기백이다. 그래, 양물을 달고 태어났으면 그 정도의 용기는 있어야지. 하지만 그거 아느냐? 흑영대는 이곳에 없고, 네놈이 모욕을 준 사람들은 이곳에 있다는 사실을."

"난 당신들이 두렵지 않소!"

"아니, 두려워해야 할 거다. 지금 이 자리에서 네놈의 혀가 뽑히고 말 테니까."

석도융이 눈짓하자 마등은 이제 자신이 나설 차례라는 걸 깨닫고 시커먼 낫을 다시 뽑아 들었다.

하나 향원은 물러서지 않았다.

이미 목숨을 각오한 듯 오연한 태도마저 보였다.

"오냐! 혀를 뽑든 눈알을 뽑든 맘대로 해보아라! 내 목숨이 이 자리에서 뽑혀 나간다면 사람들의 눈과 입을 빌어 흑영대에게 전해질 터, 네놈들 역시 악행에 대한 대가를 필히 치르게 될 것이다!"

"닥쳐라! 누가 뭘 전한단 말이냐! 누가 감히 본 림의 행사에 참견하고, 누가 감히 대가를 치르게 한단 말이냐!"

참다못한 석도융이 자리를 박차고 일어나며 천둥처럼 외쳤다.

그렇잖아도 자신들을 바라보는 옥림 사람들의 시선이 자못 도전적으로 변하는 것에 부아가 치밀고 있었는데, 이제는 새파란 애송이가 눈앞에서 바락바락 대드니 미치고 환장할 노릇이었다.

이참에 애송이 놈의 혀를 뽑아서라도 일벌백계의 본보기로 삼을 작정이다.

"뭘 하고 있나? 어서 저놈의 혓바닥을 뽑아버리지 않고!"

석도융이 마등을 향해 소리쳤다.

쥐를 구석으로 몰아가듯 천천히 다가가던 마등이 찔끔하여 성큼 다가갔다.

시커먼 낫을 번쩍 치켜드니 막 검을 뽑아 드는 향원의 모습이 무척이나 위태로워 보였다.

"쾌검향가의 대가 내 손에서 끊기겠구나!"

마등이 혀를 날름거리며 살기를 일으켰다.

쾌검식은 찾아볼 수가 없고, 초식의 형조차 제대로 남아 있지 않은 향가의 검 따위는 눈감고도 상대할 수 있는 마등이었다.

수중의 낫으로 향원의 넓적다리를 찍은 후 고통스러워하는 놈의 목줄을 움켜쥘 생각을 하니 머릿속이 즐거웠다.

"크크큭!"

마등이 살소를 흘리며 막 공격하려는 순간이었다.

철그럭! 철그럭!

갑자기 쇳소리가 들려왔다.

한두 번 울리다 말았으면 그러려니 하겠는데, 객잔 입구 쪽에서 멈추지 않고 계속 들려왔다.

마등은 얼굴에 짜증을 일으키며 시선을 돌렸다.

황의를 입고 있는 철혼이 객잔 안으로 들어오고 있었다.

그의 걸음을 따라 '철그럭!' 소리가 울려 퍼졌다.

흑수라의 걸음을 알리는 소리였다.

그러나 십승당과 백살파의 무리 중 그걸 아는 이는 존재하지 않았다.

"오늘은 손님을 받지 않으니 꺼져라!"

마등이 윽박질렀다.

그는 철혼의 위험함을 조금도 알아차리지 못했다. 그저 분노한 자신의 감정에만 빠져 있었다.

그러나 석도웅은 달랐다.

그는 정체를 알 수 없는 위험함을 본능적으로 감지했다.

들끓었던 기운을 가라앉히고 철혼의 위아래를 살폈다. 하나 흑의가 아닌 누런 황의를 입고 홀로 나타난 철혼을 보고 흑수라라는 것을 퍼뜩 떠올리지 못했다.

그러는 사이 철혼이 십승당과 백살파의 무리 전부를 자신의 간격 안에 두는 위치까지 다가왔다.

"이 새끼가……!"

소리치던 마등의 두 눈이 급격히 커졌다.

갑자기 철혼의 모습이 눈앞으로 크게 확대되더니 거친 손이 그의 목을 단숨에 움켜잡아 버렸기 때문이다.

"컥!"

철혼이 목을 움켜쥔 채 천천히 들어 올리자 마등이 바둥거렸다.

어찌 된 일인지 낫을 손에 쥐고 있으면서도 휘두를 수가 없었다.

무척이나 생소한 경험이었다.

"백살파라고 들은 것 같은데… 확실히 흑도라는 걸 알겠군. 하면 저쪽은 뭐지?"

철혼이 마등의 얼굴을 들여다보며 물었다.

그러나 마등은 숨이 막혀 파리하게 죽어갈 뿐 대답하지 못했다.

"본인은 십승당의 부당주요. 귀하는 어디에서 온 누구이기에 본 당의 일에 끼어드는 것이오?"

석도융이 적당히 예를 갖추며 물었다.

그러나 철혼의 입에서 나온 말은 그의 기대를 무참히 짓밟았다.

"쥐새끼가 찍찍거리는 소리는 듣고 싶지 않고, 형장이 설명해 주겠소?"

철혼의 시선이 닿자 향원이 화들짝 놀랐다.

"목숨을 초개처럼 버리려는 사람이 뭘 그리 놀라는 것이오?"

철혼이 실소를 흘렸다.

그의 입꼬리가 움직이자 눈 밑의 혈루가 꿈틀거렸다.

향원의 시선이 그것을 놓치지 않았다.

"그, 그대는……!"

"내가 듣고 싶은 건 내 정체가 아니라 십승당의 쥐새끼들이 흑도와 결착하여 어떤 짓을 했느냐는 것이오."

향원의 눈이 화등잔만 하게 커졌다.

'그, 그다. 그가 맞다. 흑수라! 흑수라다!'

향원이 놀라움을 금치 못하고 있을 때였다.

"귀하가 누군지는 모르나 말이 심하오. 본 당의 당주님께서는 호남성 흑룡가의 흑기대주와 호형호제하는 분으로……."

석도융이 불쾌하다는 뜻을 크게 피력하는 순간이다.

"어디서 쥐새끼가 찍찍거리는 것이냐!"

철혼이 크게 소리치며 철곤을 뽑아 던졌다. 전광처럼 날아간 철곤이 놀랍게도 석도융의 어깨에 틀어박혔다.

"큭!"

십승당의 부당주인 석도융은 자신의 어깨에 박혀 있는 철곤을 경악한 눈으로 바라보았다.

날아오는 철곤을 쳐내야겠다고 마음먹은 순간 어깨에 틀어박혀 버렸다.

일체경(一體境), 즉 절정경에 올라선 지 오래인 자신이 인지할 수 있는 속도를 능가할 정도로 빨랐다.

그것이 의미하는 바는 하나다.

자신이 쳐다보기 힘들 정도로 강하다는 것이다.

누굴까?

스물을 갓 넘긴 것으로 보이는 연령대에 그 누가 있어 저토록 강할까?

흑룡가의 소흑룡도 저토록 강하지는 않을 것이다.

불패창(不敗槍)이라고 유명한 흑룡가주 십절벽력창(十絶霹靂槍) 정도는 되어야… 설마?

불현듯 떠오르는 이가 있다.

아니길 바라는 마음으로 상대의 얼굴을 직시했다.

헉!

이제야 보인다.

눈가에 씰룩이고 있는 붉은 혈루가!

놈의 병기인 철곤들이 이제야 눈에 보인다.

흑수라!

흑수라다. 흑수라가 나타났다.

명부의 사신이 코앞에 있다.

도망쳐야 한다. 놈에게는 그 어떤 변명도 통하지 않는다.

흑도는 물론이고 흑도의 뒤를 봐주는 이들도 무자비하게 도살해 버리는 악독한 자다.

'멍청한 작자 같으니, 이제 어쩔 거야? 한동안 숨어 있자니까 왜 말을 안 들어!'

살길을 찾아야 하는 와중에도 자신의 말을 듣지 않은 당주를 욕하고 있는 석도융이었다.

흑영대가 광서성에 나타난다 하더라도 계림으로 가지 이런 촌구석에 나타날 리 없다고 자신하던 당주가 눈앞에 있다면 그 면상을 후려갈겨 버리고 싶었다.

그러나 지금 그의 눈앞에 있는 자는 당주가 아니라 흑수라였다.

석도융은 살 방도를 찾아 주위를 둘러보았다.

십승당과 백살과 합쳐 사십이 넘는 숫자가 있었지만, 숨도 크게 쉬지 못하고 있었다.

그나마 다행이라면 상대가 누군지 아직 깨닫지 못하고 있다는 거다.

석도융은 눈을 번쩍 떴다.

"뭣들 하는 것이냐! 놈은 혼자다. 어서 죽여라! 놈을 죽이는 자에게 백 냥을 죽겠다!"

석도융이 바락 소리치자 사십여 명이 혼란스러워했다.

상대의 강함과 백 냥 사이에서 어찌해야 할지 갈피를 잡지 못하고 있었다.

"황금 백 냥이라고, 병신들아!"

황금 백 냥이 도화선이 되었다.

은도 아니고 황금 백 냥이면 죽이지 못할 자가 없고, 목숨을 걸지 못할 이유가 없다.

사십여 명이 탐욕귀가 되어 독아를 번뜩였다. 상대가 누군지도 모르고 병장기를 꼬나 쥐었다.

철혼은 그 모습을 보며 입매를 비틀었다.

"무얼 묻고, 무얼 알아볼까? 돈에 눈이 멀어버린 그 모습만 보아도 충분히 알겠다."

철혼이 마음의 결정을 내린 순간 십승당과 백살파의 탐욕귀들이 개떼처럼 몰려왔다.

철혼은 마다하지 않았다.

손에 쥔 마등을 달려드는 자들의 중앙을 향해 집어 던져 버렸다. 그리고 곧장 뒤를 따라 신형을 날림과 동시에 칼을 뽑아 벼락처럼 그어댔다.

번쩍! 번쩍! 번쩍!

뽑아 든 칼이 차가운 섬광을 수차례 번뜩이고 사라졌다.

철혼을 향해 달려들었던 자들은 철혼이 눈앞에서 순식간에 사라져 버리자 당황하여 주위를 둘러보았다.

몰려가던 자신들의 정중앙이 뻥 뚫렸다.

십여 명의 동료가 팔다리가 잘린 참혹한 모습으로 나뒹굴고 있었다.

놀람이 두려움으로 돌변하기도 전이었다.

"크악!"

갑작스런 비명이 들려왔다.

담벼락을 코앞에 두고 석도융이 땅바닥에 널브러져 있었다.

한쪽 다리가 깨끗하게 잘려 있었고, 철혼은 그 앞에 서 있었다.

"수하들을 지옥에 던져두고 혼자 도망가려 하다니, 쥐새끼보다 못한 놈이로군."

비웃음을 내뱉은 철혼이 석도융의 어깨에 박혀 있는 철곤을 움켜잡더니 천천히 들어 올렸다.

"크아악!"

석도융이 어깨에 틀어박힌 철곤을 움켜잡으며 비명을 질렀다.

철혼은 철곤을 쥔 채 석도융을 번쩍 들어 올린 다음 담벼락에다 힘껏 처박아 버렸다.

철곤이 담벼락에 박혔다.

석도융은 다리가 땅에 닿지 않아 바동거렸다. 잘린 다리에서는 핏물이 쉴 새 없이 흐르고 있었다.

"그대의 행사에 누가 참견하고, 누가 대가를 치르게 하는지 거기서 지켜보도록 해라."

철혼은 비웃음을 남기고 천천히 돌아섰다.

그의 앞에는 황금 백 냥 따위는 까맣게 잊어버린 탐욕귀들이 두려움에 벌벌 떨고 있었다.

"두렵나? 두렵겠지. 마땅히 두려워해야 한다. 지금의 그 두려움이 너희에게 당한 선량한 사람들이 느껴야 했던 두려움이다. 지금부터 네놈들에게 당한 사람들을 대신하여 네놈들을 응징할 테니, 지옥에 가서도 잊지 마라. 두려움은 본시 공평하다는 것을!"

차갑게 내뱉은 철혼이 성큼 일보를 내디뎠다.

그에 대경한 개떼들이 싸울 엄두조차 내지 못하고 객잔의 입구로 우르르 도주했다.

순간 섭위문을 위시한 흑영대 일조와 사조가 객잔의 입구에 모습을 드러내며 물 샐 틈 없는 철벽을 세워 버렸다.

개떼들은 섭위문 등이 누군지도 모르고 두려움에 찬 비명을 지르며 달려들었다.

하나 그들을 맞이한 건 너무나 무기력한 죽음이었다.

몰려드는 족족 벽에 부딪쳐 죽음이라는 암흑 속에 처박혀 버렸다.

철혼은 천천히 걸었다.

놀란 가슴을 진정시키지 못하고 있는 향원 앞에서 걸음을 멈추고는 담담히 말했다.

"사람이라면 불의를 보고 화를 낼 줄 알아야 하지만, 그 결과가 죽음이라면 참을 줄도 알아야 하지 않겠소?"

"……!"

향원은 대꾸를 못했다.

상대가 자신이 동경하는 흑수라였기 때문이고, 그가 한 말이 의표를 찔렀기 때문이다.

그러는 사이 십승당과 백살파의 무리가 모조리 처리되었고, 흑영대원들이 장내를 정리하며 한자리로 모였다.

이때 객잔의 앞마당에서 벌어진 모든 광경을 이 층 창가에서 몰래 지켜보는 그림자가 있었다. 그는 흑영대가 장내를 수습하는 사이에 사라졌고, 잠시 후 객잔 뒤편에서 전서구 세 마리가 동시에 날아올랐다.

4장

폭풍 전의 불길함

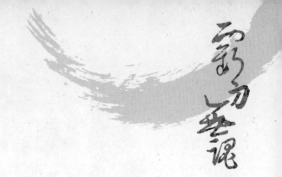

천하영웅맹.

태산이라도 등에 지고 있는 듯 대단한 존재감을 과시하는 두 명의 청년이 맹주를 찾아왔다.

우측의 청년은 장대한 체격에 사내다운 얼굴이었고, 좌측의 청년은 적당한 체격에 수려한 이목구비를 가지고 있었다.

각기 묵빛과 푸른빛의 화려한 무복을 걸치고 있어 언뜻 보기에도 신태비범(神態非凡)한 모습이었다.

폭룡(暴龍) 반자룡!

반검룡(半劍龍) 사마강추!

거령신 반고후와 반검존 사마덕조의 뒤를 이어 차세대를 이끌어갈 후기지수들이었다.

"맹주님의 부름이었거늘 겨우 두 사람을 보낸단 말인가?"

감찰부주가 기가 차다는 얼굴로 호통을 쳤다.

자리에 모인 각부 요처의 수장들도 마찬가지였다. 하나같이 어이없다는 표정으로 두 사람을 쏘아보았다.

맹주부에서는 한 시진 전에 원로원으로 사람을 보냈다.

만금종가(萬金宗家)와 관련한 일에 대해 이 자리로 와서 해명을 바란다는 맹주의 통보였다.

천하영웅맹의 실권을 누가 쥐었는지 원로들에게 똑똑히 보여주고자 각부 요처의 수장들을 대거 모아두었는데, 상황이 이렇게 되자 꼴이 우습게 되었다.

'내 위치는 고작 저들 정도밖에 안 된다는 뜻이로군.'

맹주가 된 양교초의 눈빛이 스산하게 가라앉았다.

자신을 인정하지 않을 거라는 건 알았지만, 겨우 저 정도로밖에 보지 않을 줄은 전혀 예상치 못했다.

'날 우습게 본다 이거지? 상관없다. 차츰 내가 누군지 똑똑히 보여주면 되니까.'

양교초는 내심을 드러내지 않으며 담담히 물었다.

"말을 전하러 왔으면 해보게."

양교초의 하대에 반자룡과 사마강추의 눈썹이 사납게 꿈틀거렸다.

화가 단단히 났음을 알 수 있다.

하나 그게 다였다. 더 이상의 감정 표출은 하지 않았다.

"말을 전하러 온 게 아니라. 들으러 온 거요."

"닥쳐라! 어느 안전이라고 그따위 무례를 한단 말이냐!"

감찰부주의 호통이 쩌렁 울렸다.

하나 말을 꺼낸 사마강추의 수려한 얼굴에는 심드렁한 표정만 떠올랐다.

"난 고리타분한 예의 따위는 모르오."

"본 맹이 연합형 맹(盟)이라 하나 그 근간 역시 상명하복이다. 윗사람에게 예를 다함은 기본 중의 기본이라는 뜻이다."

"난 천하영웅맹 소속이 아니라서 그런 건 잘 모르겠소."

"뭣이?"

"뭘 놀라고 그러시오? 내가 천하영웅맹에서 직함을 받은 적이 있소?"

없다. 그저 반검존 사마덕조의 손자일 뿐이다.

천하영웅맹 내에서 그 어떤 직위도 가지고 있지 않았다.

감찰부주는 할 말을 잃어버렸다는 듯 눈만 치떴다.

"본 맹을 거부한다면 이곳에 있을 자격이 없다. 당장 본 맹을 떠나거라!"

보다 못한 집법부주가 일갈했다.

그러나 사마강추는 태연자약할 뿐이다.

"사손(嗣孫)이 조부의 심부름을 왔거늘 그조차도 허용하지 못할 정도란 말인가. 사람이 바뀌니 천하영웅맹의 권위가 땅에 떨어지려는가 보군."

"뭐라?"

"말을 삼가라!"

감찰부주와 집법부주가 자리를 박차고 일어났다.

하나 태사위의 양교초가 손을 들어 그들을 제지했다.

"그만하시오. 할애비의 심부름을 온 아이들에게 그리 무섭게 하셔서야 되겠소?"

대전을 나직하게 울리는 목소리였으나 그 내용은 사마강추와 반자룡을 자극하기에 충분했다.

두 사람의 눈썹이 찌를 듯 치켜 올라가고 눈에서는 살기와도 같은 포악한 광채가 폭사했다.

그와 동시에 두 사람이 딛고 선 청석으로 만들어진 바닥이 쩌저적 소리를 터뜨리며 거미줄처럼 갈라졌다.

과연 십주의 후예들이라 할 만큼 대단한 위용이었다.

대전에 자리한 각부 요처의 수장들은 화급히 자리에서 일어나 불시의 사달에 대비했다.

혹시라도 양교초가 죽는다면 자신들 역시 모든 것을 잃게 될 것이니 목숨을 바쳐서라도 지켜야 했다.

하나 단 한 사람, 태사의의 양교초만은 태연했다.

사마강추와 반자룡의 기세가 물밀듯이 밀려오고 있음에도 꿈쩍도 하지 않았다.

"반검문(半劍門)과 거신가(巨身家)의 어리광을 받아보는 것도 재밌겠군."

안하무인.

양교초는 위에서 내려다보는 오만한 자세를 내보였다.

사마강추의 도발을 역이용하여 되레 도발한 것이다.

두 사람이 이곳에서 사달을 일으켜도 양교초의 입장에서는 하등 나쁠 것이 없었다.

두 사람의 사달을 빌미로 원로원과 십주들을 더 몰아붙일 수도 있으니 그래준다면 오히려 고마울 일이다.

물론 그렇게 하기 위해서는 두 사람을 제압할 만한 충분한 힘이 있어야 했다.

양교초는 그만한 힘이 있다고 자신했다.

그러나 사마강추와 반자룡이 양교초의 도발에 넘어가지 않았다.

금방이라도 달려들 기세이더니 언제 그랬냐는 듯이 기운을 가라앉혀 버렸다.

요동치던 실내의 공기가 잠잠히 가라앉았다.

그 속에서 사마강추의 눈빛이 무겁게 빛났다.

'백검룡(白劍龍)과 적도룡(赤刀龍)이 패배했다더니, 그게 사실인 모양이군.'

사마강추는 천룡대제전에서 철패룡(鐵覇龍) 적천명이 패하는 모습을 두 눈으로 지켜보았다.

하나 그것만으로는 양교초의 무위가 어느 정도인지 감이 오지 않았다.

조부인 반검존 사마덕조에게 묻는다면 곧바로 답이 나오겠지만 묻지 않았다. 이제는 홀로서기를 시작해야 하기 때문이었다.

어쨌든 한 가지 사실은 확실히 알 수 있게 되었다.

'창천비룡(蒼天飛龍)의 무위가 절대 내 아래는 아니다 이건가?'

창천비룡은 양교초의 새로운 별호다.

소면검이 모두의 예상을 깨고 창천으로 비상하였다 하여 창천비룡이라는 별호를 얻었다.

사마강추는 자신들이 내뿜은 기운을 내력을 출신(出身)하지 않고도 담담히 받아내는 양교초의 모습에 그의 무공 수위를 어림짐작하며 천천히 입을 열었다.

"조부께서 이곳에 가서 무슨 말을 하는지 들어보라고 하셨소. 할 말이 있으면 해보시오. 없다면 미거한 아이들은 당장 물러가도록 하겠소."

사마강추가 폭발할 것 같던 기운을 단숨에 가라앉히며 그같이 말하자 양교초는 입매를 비틀어 웃었다.

'미욱한 아이라… 내가 당했군. 내 무위가 어느 정도인지 시험해 보았던 거였어.'

물론 자신의 무위를 짐작해 낸다고 하여 달라지는 건 아무것도 없다.

어차피 자신의 무공 수위야 원로원의 괴물들에게 낱낱이 파헤쳐졌을 터, 화가 나는 건 십주도 아닌 그들의 사손들에게 농락당했다는 것이다.

'용의 핏줄이다 이거지? 좋아. 인정해 주지. 하나 네놈들이 할 수 있는 건 아무것도 없을 것이다. 조부의 그늘에서 자란 놈들이 약육강식의 냉혹한 세계를 일보일보 내디디며 성장한 맹수들을 어찌 상대할까. 어림 반 푼어치도 없는 일이다.'

양교초는 웃었다.

웃는 얼굴로 아무 일도 없었다는 듯 말했다.

"가서 조부께 전하게. 철궁왕(鐵弓王)께서 돌아오지 못하면 누굴 보낼 거냐고. 스스로 가겠다는 사람도 없을뿐더러, 이제께서 직접 나서지 않는 한 더 이상 보낼 만한 고수도 없을 거라고. 하니 철궁왕께서도 하지 못한 일을 본 맹주가 해내면 만금종가와의 일에서 손을 떼라고 전하게."

천하영웅맹에서 소모되는 자금은 범인의 상상을 초월한다.

그 방대한 금액의 육 할을 만금종가에서 출자해 주고 있다.

한데 삼 일 전에 만금종가에서 더 이상 출자할 수 없다는 통보를 해왔다.

양교초는 원로원의 압박이 시작되었음을 단박에 알아차렸다.

"아, 그렇게만 전하면 내가 너무 고개를 숙이는 모양새라 영마음에 들지 않으니 이 말도 함께 전해주게. 만일 만금종가가 더 이상 투자를 하지 않겠다고 한다면 본 맹주는 하는 수없이 맹의 살림살이를 줄이는 차원에서 각부 요처와 원로원 외에는 십주각을 비롯한 모든 더부살이를 모조리 없애 버리겠다고."

각부 요처의 수장들이 하나로 뜻을 모아 발의하고, 맹주가 재가한다면 능히 그렇게 하고도 남는다.

원로원은 맹주부를 견제할 뿐 맹 내의 대소사에 직접 관여하지 못하기 때문이다.

적어도 표면적으로는 그렇게 하기로 되어 있었다.

"대담하군."

"천하영웅맹의 맹주는 아무나 하는 것이 아니지."

사마강추와 양교초의 시선이 사납게 교차했다.

사마강추의 얼굴은 잔뜩 굳었고, 양교초는 담담했다. 사마강추는 양교초의 담담한 표정이 몹시 불쾌했다.

"비룡이 낙룡이 되는 건 한순간이라는 말을 아는지 모르겠군."

"한 번 날아오른 새는 잠시 쉬어 갈 뿐, 나는 법을 절대 잊어 먹지 않는 법이지."

"날개를 잘라 버리면 비룡이 아니라 이무기가 될 수밖에."

"용은 원래 날개가 없다네."

말싸움도 이기지 못했다.

더 추한 꼴을 보기 전에 물러나는 게 상책이다.

사마강추는 인상을 쓰며 돌아섰다.

이때 지금껏 잠자코 있던 폭룡 반자룡이 불현듯 입을 열었다.

"그 자리에서 내려오는 날 내 실력을 보여주지."

오만무례하기 짝이 없는 언행이었다.

자리에 있는 각부 요처의 수장들이 다시 한 번 자리를 박차고 일어나려는 순간 양교초가 먼저 입을 열었다.

"흑수라를 죽여봐. 그리하면 당장에라도 싸워주지."

"좋아. 그렇게 해주지."

반자룡의 자신감에 양교초는 그저 웃어주었다.

'나와 흑수라는 이미 십주를 넘보고 있거늘 네놈 따위가 가당키나 할 것 같으냐! 어리석은 놈!'

아는지 모르는지 반자룡은 찬바람을 일으키며 돌아섰다.

그때 양교초의 마지막 말이 툭 내뱉어졌다.

"돌아가거든 할아버지들께 부탁해서 자네들이 파손한 청석 바닥에 대한 배상금을 보내주게. 알다시피 만금종가가 손을 떼는 바람에 본 맹의 재정이 바닥이거든."

사마강추와 반자룡은 끝까지 비웃음을 받으며 물러갔다.

움푹 주저앉고 거미줄처럼 갈라진 청석 바닥이 두 사람이 왔었다는 사실을 알려주었다.

대전에 남아 있는 각부 요처의 수장들은 말이 없었다.

무슨 생각들을 하는지 잠깐의 침묵이 대전을 무겁게 눌렀다.

그게 싫었던 것인지 감찰부주가 침묵을 깨고 물었다.

"모든 게 맹주님의 혜안대로 될 듯 여겨집니다만, 정말 철궁왕께서도 돌아오지 못할 것 같습니까?"

"그걸 어찌 확신 할 수 있겠습니까, 다만……."

"다만……?"

"놈 외에는 그 누구도 내 적수라는 생각이 들지 않으니, 놈과 나 외에는 누구도 우리 자신을 어쩔 수 없을 것 같다는 생각이오."

"……!"

"허무맹랑하지요? 하지만 그렇게밖에는 설명할 수가 없으니 그러려니 하십시오."

감찰부주는 물론이고, 대전에 자리한 모두가 납득하지 못하는 표정이었다.

'후후후후! 십주는 늙어서 무덤에 들어갈 때를 기다리는 퇴물들일 뿐이고, 그들의 사손들은 온실 속의 화초마냥 물러 터졌으니 역시 내 상대는 너뿐이다, 흑수라. 그래서 더더욱 죽어줘야겠지만.'

흑수라가 자신의 적은 십주일 뿐이라는 말을 전해왔지만, 그 따위 반간계(反間計)에 넘어갈 거라고 여긴 건지 참으로 우스울 따름이다.

양교초는 입매를 비틀어 씩 웃었다.

그의 두 눈에 먹이를 노리는 맹수의 포악함이 무섭게 소용돌이 치고 있었다.

*   *   *

철혼은 붉게 물든 석양을 바라보고 있었다.

흔히 타는 듯 붉은 낙조라고들 하지만, 철혼에게는 피처럼 붉어 보였다.

지금까지의 삶이 온통 피와 죽음으로 점철되었기 때문이다.

그러나 단언하건대 죽음이 두렵다는 생각은 단 한 번도 해본 적이 없다.

적어도 흑영대가 된 이후로는 죽는 것 때문에 상대를 두려워해 본 적이 없다.

하지만 이제는 죽는 게 두렵다. 자신이 아닌 대원들이 죽는 게 두렵다.

언제부터였을까?

주산군도에서의 수련을 마치고 여의경 이상의 경지로 한발 올라선 이후부터였던 것 같다.

그 즈음에 섭 조장과의 대화를 통해 너무 무공에만 집착하고 있다는 걸 깨달았다.

그때부터 주위를 둘러보게 되었고 대원들에 대해 다시 생각하게 되었다.

전장에서 등을 맡길 수 있는 사람들.

가족이라 할 만큼 가까운 사람들이다.

아니, 이미 가족일지도 모르겠다.

그런 생각을 하게 된 이후로 대원들이 죽는 게 두렵게 느껴졌다.

그전에는 전장에서 용맹무쌍하게 싸우다 죽는다면 무인의 최후치고 나쁘지 않다고 생각했었다.

하지만 지금은 의문이 든다.

정말 나쁘지 않은 걸까?

칼끝에 목숨을 내걸고 지옥을 헤쳐 가는 이유가 뭔가?

세상을 바꾸기 위해서다.

한데 보보와 처처마다 피와 죽음이 널브러져 있는 지옥 같은 전장을 묵묵히 걸어온 대가가 아무것도 보지 못하고 전장에서 쓰러져 죽는 것이라면 너무 가혹하지 않을까?

부귀영화를 주지는 못할지언정 자신들이 목숨을 걸고 바꾸어 놓은 새로운 세상을 두 눈으로 직접 보는 것 정도는 해주어야 하지 않겠는가.

하나 욕심이라는 걸 안다.

절대무적의 무공을 가진 것도 아니거늘 어찌 모두를 지킬 수 있을까.

알면서도 떨쳐내지 못하니 욕심이다.

마음에 욕심이 생기니 그 욕심을 채우지 못할까 봐 두려움이 생겼다.

문득 가진 자들의 집착과 탐욕, 그리고 두려움 역시 이와 비슷하지 않을까 하는 생각이 든다.

그래서 놓지 못하는 것이리라.

"십승당과 백살파에서 찾아낸 장부의 내용을 토대로 그들이 자행한 짓을 낱낱이 기록해서 거리 곳곳에 대자보를 붙였습니다."

지장명이었다.

들뜬 기색이 엿보였다.

흑영대가 벌이고 있는 일이 생각보다 빠르게 퍼지고 있다는 걸 깨달았기 때문이다.

광서성에 향원 같은 지지자가 있다는 건 흑영대의 대업이 광동성 밖으로 빠르게 확산되고 있음이 분명했다.

하나가 알면 둘에게 전달되고, 둘이 알면 넷에게 전달되는 법이다. 그렇게 늘어난 지지자가 저들의 악행을 성토하기 시작할 것이고, 그들의 목소리가 일반 양민들을 일깨워 준다면 뜻과 의기를 감추고 있던 자들이 하나둘 검과 칼을 들기 시작할 것이다.

그때부터는 흑영대의 발길이 닿지 않아도 흑도의 무리는 동시다발적으로 소탕될 터, 흑도에 손을 뻗쳐 양민들의 고혈을 취하고 있던 천하영웅맹의 늙은 괴물들을 뿌리부터 흔들 수 있는 근간이 마련될 것이다.

이것이야말로 지장명이 생각하는 이상적인 상황이었다.

하지만 저들이 바보가 아닌 이상 일이 그렇게 번지기 전에 뭔가 조치를 취할 것이 분명했다.

철혼이 염려하는 것은 바로 그 조치였고, 그걸 흑영대의 희생 없이 자신이 감당할 수 있을지였다.

"지 조장은 죽는 게 두렵지 않나?"

"두렵습니다."

생각할 것도 없다는 듯이 대답하는 지장명.

철혼은 그런 지장명을 빤히 바라보았다.

"갑자기… 이유를 물어도 되겠습니까?"

"대원들은… 전장에서 죽는 것만으로 만족할까?"

"예?"

너무 뜬금없는 것이라 일순 말문이 막혀 버린 지장명.

철혼은 그런 지장명을 뒤로하고 한숨만 남기고 가버렸다.

지장명은 잠깐의 혼란을 털어내고 멀어져 가는 철혼의 뒷모습을 향해 흐뭇한 미소를 지었다.

"뭐하냐? 뭔데 그렇게 웃고 지랄이냐?"

탁일도가 격의 없이 물어왔다.

대충 상황이 정리된 것 같아 대주를 찾아왔더니, 대주는 저만큼 가고 있고 지장명이 알 수 없는 웃음을 흘리고 있으니 그 연유가 무척 궁금했던 모양이다.

"대주님께서 말입니다."

"대주님이 왜?"

"일종의 성장통을 겪고 있는 모양입니다."

"성장통?"

"그간 강해지려고 애를 쓰다 보니 몸만 어른이 되어버렸는데, 이제는 머리조차 어른이 되려고 심사가 불안정한 모양입니다."

"그으래?"

"예."

"흠, 내가 대주하고 이야기 좀 해볼까? 사내는 모름지기……."

"누가 누굴 가르친단 말입니까? 절대 나서지 마십시오."

"아니, 난……."

"무공이라면 몰라도 여기와 관련된 건 제가 탁 조장님보다 나을 테니까, 절대 나서지 마십시오."

지장명이 자신의 머리를 가리켜 가며 따지듯 말하자 탁일도는 할 말이 없어 입만 벙긋했다.

하나 곧 달려들 듯 말하는 지장명의 행동이 과하다는 생각이 들었다.

"아니, 틀린 말은 아니지만, 지 조장이 나한테 그러면 안 돼지. 내가 지 조장한테……."

"어설픈 조언을 듣는 것보다 스스로 납득하고 깨달아야 자신을 더욱 견고하게 바로 세울 수 있는 법입니다. 무공만큼은 이미 절대의 반열에 올라선 대주님이니 심지 역시 그에 걸맞게 크고 군건해야 완벽한 절대고수의 풍모를 갖추게 될 겁니다. 제 말 무슨 뜻인지 잘 아시겠지요?"

"아, 알지. 당연히 알다마다."

"그럼 됐습니다. 대주님께서 혼자 계신다고 찾아가서 귀찮게 하지 마시고 지켜보기만 하십시오."

"당연히 그래야지. 암, 그래야 하고말고."

"그럼 믿고 있겠습니다."

"그래, 믿어라."

탁일도가 힘차게 고개를 끄덕였다.

지장명은 그런 탁일도를 남겨두고 조원들을 향해 가버렸다.

"그러니까 대주님이 진짜 남자가 된다 이거지? 아니, 언제는 남자가 아니었나? 아니지, 진짜 남자가 되려면 남녀교합을 알아야 하는데……."

탁일도는 혼자 중얼거리며 철혼을 찾아 두리번거렸다. 저쪽에서 주위를 둘러보는 철혼이 보였다.

"뭐 하는 거지?"

탁일도는 고개를 갸웃했다.

철혼의 모습이 왠지 주변을 살펴보는 것 같았기 때문이다. 마치 주위에 숨어 있는 암습자를 찾는 것처럼 굳어 보였다.

"음? 아닌가?"

아닌 모양이다.

잠깐 둘러보더니 특유의 걸음을 옮기고 있다.

"거 참, 저것도 성장통 때문인가?"

탁일도는 알 수 없다는 듯 고개를 저었다.

　　　　*　　　　*　　　　*

암향총(暗香塚)!

그들의 이름이 알려진 건 벌써 백여 년 전이었다.

성격이 호탕하여 셀 수조차 없는 많은 숫자의 지기가 있다하여 백우권협(百友拳俠)이라고도 불리었던 분광권협(分光拳俠)의 목이 깨끗하게 잘려 죽은 채 발견되면서부터였다.

하나 암향총이라는 이름이 제대로 부각된 건 당시 살문(殺門)

최강이던 적사묘(赤邪廟)가 하루아침에 쑥대밭이 되면서부터다.

살문 간의 다툼에서 적사묘가 몰살해 버린 것이다.

이후 살계에서 암향총의 이름이 독보적으로 군림했다.

그것도 백여 년 가까이.

"암향총이 귀주성 귀양에 있다는 건 벌써 수년 전에 알아냈습니다. 그럼에도 그들을 치지 못한 건 두 가지 때문인 것으로 짐작하고 있습니다. 하나는 그들의 규모와 세력에 대해 정확한 정보를 얻지 못해 무작정 치기에는 불안하다는 것이고, 또 하나는 그들의 배후에 적인구양세가(赤刃歐陽世家)가 있을 수도 있다는 정보 때문인 것으로 사료됩니다."

귀양 인근인 도균(都勻)에서 이동을 멈춘 흑영대는 사람의 발길이 닿지 않을 깊은 숲에서 야영했다.

오면서 사냥한 산짐승들을 껍질을 벗기고 통째로 굽고 있었고, 가까운 도시에서 미리 구입해 둔 술 단지를 모조리 꺼내놓았다.

그래 봐야 흑영대 전부가 취하기에는 턱없이 모자랐으나 기분을 낼 정도는 되었다.

대원들이 그렇게 준비를 하는 동안 철혼과 각 조장은 한자리에 모여 암향총을 치는 작전에 대한 지장명의 설명을 듣고 있었다.

그리고 방금 지장명이 한 말은 전임 흑영대주 시절에 암향총을 치지 못한 것에 대한 지장명의 추측이었다.

당시 맹주부를 지지하던 강호명숙 상당수가 하루아침에 횡액을 당한 일이 수차례 벌어졌었는데, 그 흉수로 지목된 곳이 암향총이었다.

분노한 맹주는 흑영대를 전부 투입하여 암향총을 쓸어버리고자 하였으나 공손 선생이 극구 만류한 것으로 알려졌다.

그때 공손 선생이 염려한 것이 좀 전에 지장명이 말한 바였다.

암향총에 대해 정보가 너무 부족하여 자칫 흑영대가 큰 화를 당할 수도 있다는 것인데, 그들의 배후에 적인구양세가가 있다는 정보가 입수되면서 그런 불안감이 더욱 커졌다.

혹여 그들이 흑영대를 끌어들이기 위한 수작은 아닌지 의심이 들었던 것이다.

"그래서 지금은 불안하지 않다는 거야?"

탁일도가 물었다.

지장명을 향해 한쪽 눈을 찡긋해 보이는 게 뭔가 사전에 말을 맞춘 모양이다.

"그간 암향총에 대한 정보가 상당수 입수되었습니다만, 여전히 부족한 것도 사실입니다. 하나 지금은 예전과 비교하여 크게 달라진 게 있습니다. 하나는 흑영대의 전력이 당시에 비해 월등히 강해졌다는 것이고, 또 하나는 대주님의 무공이 이미 절대의 반열에 오를 정도니 저들에게는 상상초월일 것이라는 점입니다. 게다가 본 대에는 귀궁노가 있습니다. 그간 귀궁노의 대단함이 여러 차례 증명되었으니, 더 이상의 설명은 생략하겠습니다."

길게 말한 지장명이 잠시 호흡을 끊었다.

여기까지는 긍정적인 부분이다. 깊이 고민한 자는 부정적인 부분까지 두루 살피는 법이니, 거기까지 마저 이야기해야 한다.

지장명은 곧 말을 이어갔다.

"하나 저들 또한 예전보다 세력이 강해졌을 수도 있고, 본 대에 대한 정보가 무수히 흘러들어 갔을 것입니다. 어쩌면 적인구 양세가에서 제공했을 수도 있습니다. 하여튼 제가 하고 싶은 말은 서로가 상대를 상당히 파악하고 있다는 것과 그럼에도 직접 부딪쳐 본 적은 없으니 여전히 서로에 대해 모른다는 것입니다. 다시 말해 본 대에 상당한 희생이 있을 수도 있다는 걸 미리 말씀드리고 싶습니다."

지장명이 장황한 말을 마치며 철혼의 반응을 살펴다.

그때 탁일도가 모두를 둘러보며 우렁차게 소리쳤다.

"우리가 언제 죽는 걸 두려워했냐? 그리고 흑영대가 되기 전에는 늘 찬밥신세였던 우리가 아니냐? 그간 맹주부에 있으면서 목에 힘 좀 줘보았고, 맹주님의 대의에 기꺼이 목숨을 걸어 여기까지 왔으니 삼류로 태어나 흑영대원으로 죽으니 그게 어디냐, 난 당장 내일 죽어도 여한이 없다. 말 나온 김에 혹시나 해서 하는 말인데, 나 죽었다고 울지 마라, 누구든 우는 놈이 있으면 지옥에서 뛰쳐나와……."

"외우느라 힘들었겠군."

"말도 마십시오, 제가 말 많은 여편네도 아니고……!"

아무래도 대주가 눈치를 챈 모양이다.

탁일도는 당황하여 지장명을 돌아봤다. 지장명은 그 정도도 못해서 들키느냐고, 한심하다는 듯 고개를 저었다.

다른 대원들은 무슨 일인지 몰라 눈만 깜박거렸다.

"저들의 본거지를 바로 쳐야겠지?"

"예? 예. 그래야 합니다."

철혼이 물었고, 지장명은 얼떨결에 대답했다.

탁일도는 머쓱해서 구레나룻만 벅벅 긁었다.

"강전은 충분히 준비해 두었고?"

"예."

"작전을 바꿨으면 하는데, 어떨지 모르겠군."

"예?"

"나와 임시 삼조장이 저들의 본거지를 살펴보았으면 해서."

"대주님?"

"안 되는 이유가 있나?"

"그게 아니라… 그렇게 저희가 적정이 됩니까?"

"요 며칠 기분이 좋지 않아서 그래. 뭔가 좋지 않은 기운이 목줄을 쥐어오는 느낌이야. 그래서 혹시 암향총에 우리가 모르는 어떤 위험이 있는 건 아닌지 미리 살펴보려고."

절대고수의 감각? 아니면 절대무인의 본능?

뭔지는 모른다. 하나 불길한 느낌이 스멀스멀 다가오고 있는 건 사실이다.

철혼의 표정이 진지했다.

지장명은 더 이상 토를 달 수 없었다.

"양동작전을 쓰는 건 어떻습니까?"

"양동작전?"

"예. 대주님께서 들어가시고 정확히 한 식경 후에 본 대가 움

직이는 겁니다. 대주님께서는 안에서 적들을 교란시키고 저희
는 밖에서 힘으로 밀고 들어가는 거지요. 그리고 혹시 모를 위
험요소가 있다하더라도 한 식경이면 대주님께 충분할 것 같은
데, 어떻습니까?"

괜찮을 것 같다.

제대로만 된다면 군더더기 없는 작전이 될 것 같다.

철혼은 고개를 끄덕이며 다른 말을 했다.

"상대가 살수들이니 팔에 착용한 완갑(腕鉀)을 적절히 이용해
야 할 거야."

그것으로 끝이다.

더 이상의 말은 하지 않았다. 여기서 한마디라도 더 한다면
그건 조장들을 무시하는 거나 마찬가지다.

완갑을 들먹이는 말도 굳이 할 필요가 없었다. 그럼에도 한
건 불길함 때문이다.

"좋아. 작전에 대한 골자는 된 것 같고, 자세한 건 암향총의
본거지를 살펴본 후에 하도록 하지. 누구 할 말이 있나?"

모두들 입을 다물고 있다.

한두 번 해본 작전이 아니기에 대충 감을 잡은 듯 자신감이
넘치는 표정이다.

다만 신임조장을 맡은 사홍이 시종일관 굳은 얼굴을 하고 있
었다.

"부담되나?"

"예? 아, 아닙니다."

철혼이 갑자기 묻자 사홍이 더듬거리며 대답했다.

아니라고 하지만 부담이 되고 있음이 역력한 표정이었다.

"좀 전에 들은 대로 실제 작전을 펼칠 땐 나와 함께 움직이겠지만, 그전에 삼조가 사전 정찰을 해주어야 해. 어때? 할 수 있겠지?"

"예."

"좋아. 해온 대로 하면 될 거야. 그래도 정 모르겠으면 능 조장이라면 어떻게 했을지 생각해 보도록 하고."

"알겠습니다."

사홍이 대답하자 철혼은 그녀에게서 시선을 뗐다.

"좋아. 대원들을 더 기다리게 했다간 하극상이라도 벌어질 것 같으니 그만 끝내도록 하지."

조장들이 돌아보니 모닥불에 통째로 굽고 있는 고기들이 다 익은 듯 대원들이 연신 이쪽으로 시선을 던지고 있었다.

마치 빨리 오지 않고 뭘 하느냐고 채근하는 것 같았다.

"으흐흐! 세상에서 가장 맛있는 건 역시 남의 살이지."

탁일도가 괴소를 흘리며 가장 먼저 자리에서 일어났다.

반 시진이 흘렀다.

취기가 오르기도 전에 술이 바닥을 드러냈다. 그러나 거기에 대해 누구도 아쉬움을 토로하지 않았다.

당장에라도 적들이 급습을 해도 이상하지 않은 곳에서 인사불성이 될 정도로 취하고 싶은 사람은 없었기 때문이다.

곳곳에 피워놓은 모닥불 주위로 십여 명씩 둘러앉아 남은 고기를 씹거나 편한 자세로 누워 휴식을 취하고 있었다.

이따금 조장들이 돌아다니며 둘러보아도 누구도 자리에서 일어나지 않았다. 기강이 해이해서가 아니었다. 지금은 휴식 시간이었고, 쉴 때는 최대한 자유를 보장해 주는 흑영대만의 규율 때문이었다.

심지어 대주인 철혼이 다가와도 고개만 돌려볼 뿐이었다. 신입이라 적응이 안 된 유검평만이 자세를 똑바로 했다.

"아직 신입 티를 벗지 못했군."

"예?"

"편하게 쉬도록 해. 쉴 때만큼은 위아래도 없는 게 본 대야."

"예에……."

유검평이 뒷머리를 긁적이며 꼿꼿이 세웠던 허리를 편하게 풀었다.

"미안하군."

"예?"

"상황이 이렇게 될지 몰랐다."

유검평은 철혼이 하는 말을 알아들을 수가 없어 빤히 쳐다만 보았다.

철혼은 그런 유검평을 향해 정말 미안한 표정을 짓고 있었다. 하나 곧 부드러운 웃음과 함께 털어버렸다.

"정말 힘들었을 거야. 흑영대원 중 누구도 검평만큼 힘든 적응 시기를 거치지는 않았어."

흑영대가 펼쳤던 작전 중 쉬운 작전이 있었겠냐만, 그때는 적어도 돌아갈 맹주부가 있었다. 마음으로나마 기댈 맹주님이 있었기에 늘 사기가 굳건했다.

하나 유검평은 맹주님의 하야와 맹주부의 몰락을 곧바로 겪어야 했고, 황산과 주산군도를 거쳐 정처 없이 떠돌아야 했다.

"그래도 참고 견딘 보람이 있으니, 힘내도록 해."

그 말과 함께 철혼이 한 자루의 검을 내밀었다.

고색창연한 송문고검 같은 명검은 아니었으나 칠흑처럼 묵빛의 검집과 손잡이에 단단히 감겨 있는 암갈색의 가죽만 보아도 실전에 맞게 제작된 장검이라는 걸 알 수 있었다.

유검평이 놀란 눈으로 쳐다보았다.

"이걸 왜?"

"요 근래 싸우는 모습을 보니 초식의 틀에서 상당히 벗어난 듯 보이더군."

"그, 그건……!"

유검평은 두 눈을 치떴다.

그 힘겨운 싸움을 하는 와중에 어떻게 자신을 지켜보았는지 놀라울 따름이었다.

"지금부터는 굳이 초식을 벗어나려하지 말고 검이 가는 대로 따라가도록 해봐. 싸움이 끝나면 검이 왜 그 길을 간 것인지 고민해 보고."

철혼은 그리 말하며 검을 유검평에게 건넸다.

얼떨결에 받아 든 유검평은 자신의 손에 든 검과 철혼을 번갈아 보았다.

"가봐. 일조장이 기다리고 있을 거야."

철혼이 한쪽을 가리켰다.

이십여 장쯤 떨어진 곳에 우두커니 서 있는 그림자 하나가 보였다.

유검평은 무슨 일인지 몰라 철혼을 돌아봤다.

"병기가 바뀌면 미세하게나마 투로가 틀어지게 마련이야. 가서 얼마나 달라지는지 직접 확인해 봐. 여유가 된다면 일조장의 도법을 살펴보도록 하고."

섭위문의 사영도(死影刀)는 파괴적인 도법의 특성에 검법의 기쾌함과 은밀함을 가미한 도법이었다. 그러니 검법을 익힌 유검평에게 두루 도움이 될 거라는 철혼의 판단이었다.

"가, 감사합니다."

철혼의 뜻을 알아들은 유검평이 감사를 표하며 자리에서 벌떡 일어났다.

"감사는 일조장에게 해."

"예. 감사합니다."

유검평은 넙죽 고개를 숙이더니 일조장 섭위문을 향해 부리나케 달려갔다.

"그렇잖아도 제법이던 놈인데, 조만간 추월당할지도 모르겠군."

강일비가 이마 한가운데에 있는 시커먼 점을 매만지며 불만처럼 내뱉었다.

"아직인가?"

"예. 아직이랍니다."

철혼의 물음에 강일비가 한숨과 함께 대답했다.

낭인으로 떠돌던 강일비가 흑영대가 된 건 탁일도 덕분이었다. 탁일도의 눈에 띄어 전임대주의 허락을 받아 흑영대에 들어왔다.

흑영대원이 되어 가장 먼저 한 일은 몸에 밴 낭인의 삼류무공을 지우는 것이었고, 그와 동시에 분쇄곤과 섬뢰보를 익혔다.

어디서나 배척받는 낭인의 서러움을 잘 알기에 흑영대에서 상승의 무공을 접하자 누구보다 열심히 수련한 강일비였다.

그러나 타고난 자질이 뛰어난 편은 아니라 여태 분쇄곤의 마지막 초식을 배우지 못했다.

두 자루의 철곤을 휘두름에 있어 마음만 앞서고 힘과 속도에 관한 조절이 능숙하지 않아 탁일도가 마지막 초식을 가르쳐 주지 않았다.

무리해서 마지막 초식을 배우기보다는 지금껏 배운 초식들을 완전히 체득하고 습득하는 게 우선이었다.

그러한 상황을 잘 아는 철혼이기에 가볍게 웃을 수 있었다.

"좀 더 노력해 봐."

"여기서 얼마나 더 노력합니까? 설마 대주님처럼 미친 듯이 하라는 건 아니겠지요? 그건 무립니다. 저같이 평범한 놈이 그렇게 했다간 체력이 고갈돼서 죽고 말 겁니다."

"그건 일비 말이 맞는 것 같습니다."

"우린 괴물이 아닙니다."

강일비가 고개를 저으며 투덜거리자 주위에 있던 대원들이 한마디씩 했다.

철혼은 피식 웃으며 말했다.

"다들 마음이 앞서서 그래."

철혼이 한마디 하자 모두들 눈을 빛내며 귀를 쫑긋 세웠다.

"흑영대원이 되어서 가장 중요하다고 배운 게 그걸 거야. 우린 비무를 하는 게 아니니까, 가장 빠르고, 가장 간단한 방식으로 적을 쓰러뜨려야 한다는 거. 무공을 펼치지 말고 상대를 죽이라는 거 말이야."

모두들 고개를 끄덕이며 동조했다.

다들 그렇게 배웠고, 흑영대가 강한 이유도 방금 철혼이 한 말에 있다고 해도 과언이 아니었다.

"나도 그 말이 맞다고 생각해. 하지만 한 가지 유념할 게 있어. 분쇄곤은 가장 빠르고, 가장 간단한 투로로 적을 두들겨야 하지만, 두 눈과 머릿속에는 여유가 있어야 해."

철혼은 강일비를 비롯한 대원들을 둘러보았다.

모두들 곰곰이 생각해 보지만 고개를 끄덕이지는 못하고 있다.

"상대를 쓰러뜨리기에 급급해서는 다음을 내다보지 못한다는 말이야. 다음을 내다보지 못하면 일격으로 쓰러뜨리지 못한 상대에게 당하게 되겠지. 다시 말해 조급함으로는 분쇄곤을 몸으로만 체득할 뿐 머리로 이해하지 못하니 더 이상 발전할 수 없다는 말이다."

말을 마친 철혼은 다시 한 번 대원들을 둘러보았다.

이제야 어느 정도 감을 잡은 듯한 표정이었다.

물론 알아듣는다 하여 당장 그렇게 할 수 있는 건 아니다. 하나 옳은 방향을 잡게 되면 늦더라도 반드시 한 단계 올라설 수 있을 것이다.

"진작 좀 알려주지 그랬습니까?"

강일비가 억울하다는 듯 쏘아봤다.

철혼은 그저 웃어주며 자리에서 일어났다.

기실 철혼은 모두들 그 정도는 알고 있을 거라 여겼다. 어려서부터 체계적으로 무공을 배우고 익힌 철혼이었기에 귀동냥으로 배우거나 어깨너머로 훔쳐 배운 강일비 같은 이들의 상황을 알지 못했다.

같은 흑영대 내에서 동료들보다 두각을 드러낸 이 대부분은 어느 정도 무공의 체계를 배워서 알고 있는 이들이었다.

각 조장과 하여령, 사홍 같은 이들이 바로 그랬다.

철혼은 자신이 대원들을 좀 더 자세히 돌아보지 못한 탓이라 여기며 도망치듯 자리를 떴다.

하나 곧 얼마가지 않아 걸음을 멈추고 동쪽을 바라봤다.

"⋯⋯!"

순간 악마의 숨결 같은 불길한 바람이 스쳐 갔다.

철혼은 기분이 좋지 않았다.

감각을 극도로 끌어 올려 주위를 살펴보았지만, 그 어떤 존재도 느낄 수가 없었다.

하나 자신의 신경을 건드리는 무언가가 분명히 있었다.

'가까이 있는 게 아니다. 뭔가가 다가오고 있는 거다.'

철혼은 눈빛을 무겁게 가라앉혔다.

5장

살인술의 궁극

철혼은 밤새 운기조식(運氣調息)을 했다.

기(氣)를 운행하고 호흡을 가다듬는 게 운기조식이다. 보통은 단전의 진기를 전신의 혈도를 따라 운행시켜 내공을 증진시키거나 내상을 치유할 목적으로 행하지만, 지금의 철혼처럼 마음을 가라앉히고 자신의 무공을 돌이켜 보기 위해 행할 때도 있다.

깊고 가늘면서도 고른 호흡을 하며 내기의 운행은 흘러가는 대로 내버려 두었다.

초월경에 오른 이후로는 철혼이 관여하지 않아도 진기 스스로 행할 수 있게 되었다.

진기에 염이 생긴 것인데, 그것이 어떤 의미를 가지는지 철혼은 알지 못했다.

그저 운기는 진기 스스로 행하도록 내버려 두고 자신은 명경지수처럼 마음을 가라앉히고 자신의 무공에 대해 생각에 잠겼다.

어려서는 서문 노야에게 굉뢰도를 배웠다.

당시 함께 배운 심법이 패도공(覇道功)이다.

하나 이제는 안다.

그게 패왕굉뢰도(覇王宏雷刀)와 패왕신공(覇王神功)이라는 것을.

하나 완벽하지가 않았다.

서문 노야가 일생을 바쳐 연구하였지만, 패왕굉뢰도의 마지막 초식인 패왕군림(覇王君臨)을 복원하지 못하였고, 패왕(覇王)의 신공(神功) 역시 불완전했다.

그러나 철혼은 흑영대가 되어 맹주를 만났고, 천뢰장을 배웠다.

천뢰장의 근간인 천뢰신공은 패왕신공 못지않게 절세적인 절학이었다. 특히 파괴력에 있어서만큼은 패왕신공과 견주어 조금도 밀리지 않을 정도로 대단했다.

그런 천뢰신공이 패왕굉뢰도와 마치 한 짝인 것처럼 훌륭하게 어울렸다. 패왕의 굉뢰도를 마음껏 휘두를 수 있는 완벽한 신공을 얻은 것이다.

비록 서문 노야가 패왕굉뢰도의 마지막 초식까지 완벽하게 복원하지는 못했으나 패왕굉뢰도가 지향하는 길을 제대로 열어 놓았다.

그 덕분에 패왕굉뢰도와 천뢰신공의 조합이 어떤 문제도 일으키지 않고 더할 나위 없이 훌륭하게 맞아떨어졌다.

철혼은 패왕굉뢰도의 마지막 초식이라는 패왕군림에 연연하지 않았다.

패왕군림은 무적패왕이 이룩한 정점일 뿐이고, 천뢰의 신공을 익힌 자신은 자신만의 정점을 이루어야 할 것이다.

그렇다고 무적패왕의 가르침조차 마다할 필요는 없다.

패도(霸刀)의 길은 곧 수라의 길.

그래서 혼이 없다.

철혼은 무적패왕이 남긴 말을 곱씹고 또 곱씹었다.

칠백 년의 시공을 건너뛰어 모든 걸 이룬 무적패왕과 교감을 시도했다.

천하 위에 우뚝 선 무적패왕!

일도에 모조리 참해 버리니 무적(無敵)이었고, 힘으로 천하 위에 군림하니 패왕(霸王)이었다.

그런 칠백 년 전의 절대자가 철혼의 머릿속에 모습을 드러냈다.

대도를 짚고 천하를 오시하는 모습으로 철혼을 내려다보았다. 네까짓 게 감히 여기까지 오를 수 있겠냐고 조소하고 있었다.

금빛이 휘황찬란한 갑주를 걸치고 있었다.

부리부리한 두 눈에는 천하를 담고 있었고, 우뚝 선 콧날에는 절대자의 위엄이 굳건했다.

꾹 다문 입술은 금방이라도 천둥 같은 일갈을 내지를 것 같았다.

그야말로 하늘에서 내려온 신장인양 무시무시한 모습이었다.

철혼과는 너무나 다른 모습.

그러나 같은 점이 아예 없지는 않았다. 철혼은 무적패왕의 모습에서 자신과 같은 모습을 찾아냈다.

여섯 자에 이르는 대도!

철혼이 두 자루의 철곤과 칼을 결합한 대도와 같은 길이에 같은 모양이었다.

철혼은 무적패왕의 대도에서 눈을 떼지 못했다.

천둥처럼 머릿속을 뒤흔들며 떠오른 의문 때문이었다.

ㅡ여섯 자에 이르는 대도를 사용하는 이유가 뭘까?

패왕굉뢰도법의 파괴력을 극한으로 끌어 올리기 위해서일까?

여섯 자에 이르는 대도만이 마지막 초식인 패왕군림의 파괴력을 고스란히 폭발시킬 수 있는 것일까?

꼬리를 무는 의문의 해답을 찾고자 무던히도 애를 썼다.

하나 시간만 무정히 흐를 뿐이었다.

끝내 답을 찾지 못한 철혼은 무적패왕의 얼굴을 바라보았다.

웃고 있었다.

조소이리라.

―말했지 않느냐, 네까짓 게 감히 여기까지 오를 수 있겠느냐고.

당연히!

당연히 할 수 있다!

그렇게 외치고 싶지만, 끝내 외치지 못하고 무적패왕의 허상을 지웠다.

무적패왕의 허상은 흔적도 없이 사라졌지만, 그가 남긴 비웃음과 대도의 길이에 관한 의문은 가슴에 뚜렷하게 각인 되었다.

'반드시 당신과 어깨를 나란히 하고야 말 것이오!'

굳은 다짐과 동시에 천천히 눈을 떴다.

눈부신 햇살이 눈꺼풀 아래로 쏟아져 들어왔다.

철혼이 두 눈을 떴을 땐 대원들이 출발할 준비를 마친 상태였다.

"육포뿐입니다. 어제 잡은 고기는 거지새끼들마냥 전부 먹어치운 모양입니다."

탁일도가 육포를 질겅질겅 씹으며 한 조각 내밀었다.

철혼은 가장 많이 먹은 사람이 할 말은 아닌 것 같다는 말을 하려다 그냥 웃으며 육포를 건네받았다.

"진짜 삼조만 보낼 겁니까?"

탁일도가 물었다.

조장 능인이 빠진 채로 보내자니 걱정이 된 모양이다.

"그렇게 못 미더운가?"

"강가에 내놓은 아이 같습니다."

"사홍에게 부족한 건 딱 한 가지뿐이야."

"그게 뭡니까?"

"자신감."

"예?"

"사홍은 늘 자신감이 부족했어. 하지만 이제 능인 조장을 대신해야 한다는 막중한 책임감을 가지고 있지. 그게 사홍을 움직이게 할 거야. 그리고 한 번 해내면 자신감이 붙을 거고."

그렇다는데 무슨 말을 더 할까.

탁일도는 멀리 대기 중인 사홍과 삼조를 한 번 돌아보는 것으로 알겠다는 뜻을 내비쳤다.

"삼조를 먼저 보내고 나머지는……!"

자리에서 일어나던 철혼이 흠칫 굳었다.

"무슨 일입니까?"

탁일도가 의아하여 물었다.

하나 철혼은 대답대신 손을 들어 가만히 있으라고 했다.

'저쪽인가?'

철혼은 천천히 고개를 돌렸다.

근래 자신을 귀찮게 하던 불안감이 다시금 느껴졌다.

이번엔 보다 확실한 느낌이었다.

'모습을 드러내려는 것인가, 아니면……?'

철혼은 전투 준비를 지시해야 할지 망설였다. 스스로도 명확하지가 않았기 때문이다.

바로 이때였다.

백여 장이 넘는 거리의 산비탈에서 동시에 허공으로 솟구치는 게 있었다.

철혼은 한눈에 알아보았다.

'강전이다!'

열 발의 강전이 동시에 날아올랐다.

철혼은 시선을 떼지 않은 채 외쳤다.

"강전이다! 피해!"

흑영대원들이 반사적으로 흩어졌다.

엄폐물을 찾아 전신을 감춤과 동시에 강전의 위치를 파악했다. 오랜 훈련으로 인해 습관처럼 몸에 밴 행동이었다.

순간 쏘아진 강전들의 뒤를 따라 날카로운 파공음이 꼬리를 물었다.

쐐애애애액! 쐐애애애액!

철혼이 눈을 흠칫 떴다.

소리를 앞서는 빠름!

심상치 않다.

속도가 이럴진대 강전에 실린 파괴력은 어떠할까?

퍽! 퍽! 퍽! 퍽! 퍽! 퍽!

열 발의 강전이 동시다발적으로 내려꽂혔다.

철곤을 뽑아 자신을 향해 쏘아진 세 발의 강전을 쳐낸 철혼은 강전에 실려 있는 기운이 상상 이상이라는 것에 놀라 얼굴을 굳히며 주위를 돌아봤다.

놀랍게도 한 아름이 넘는 거목을 관통하고 있었다.

바위에 깊숙이 꽂힌 것도 있었다.

강전의 길이가 넉 자 정도 되어 보이니, 엄폐물의 두께는 그 이상이어야 했다.

"검평!"

탁일도가 소리쳤다.

철혼이 돌아보니 아이 몸통만 한 잡목 뒤에 유검평이 몸을 기대고 있었다.

강전은 잡목을 꿰뚫고 유검평의 몸에 박혔다.

어느 곳에 박혔는지 정확히 보이지 않았다.

"괜찮습니다."

유검평이 소리쳐 대답했다.

그러나 언뜻 보기에도 좋지 않아보였다.

철혼은 유검평을 향해 다가가려다 말고 인상을 썼다.

쐐애애애액! 쐐애애애액!

"또 온다!"

탁일도가 소리쳤다.

철혼은 천천히 돌아섰다.

동시에 나머지 철곤과 칼을 뽑아 하나로 결합하며 땅을 박차고 솟구쳤다.

강전에 실린 기운이 대단한 건 사실이지만, 자신에게는 위협이 되지 못한다.

패왕굉뢰도의 삼 초 패왕겁이라면 여섯 발 정도는 한꺼번에 날려 버릴 수 있을 것이다.

허공으로 솟구친 철혼은 천뢰의 신공을 가득 끌어 올리며 대도를 힘껏 쳐들었다.

바로 그때였다.

뇌성벽력 같은 굉음이 천지간을 송두리째 뒤흔들며 철혼을 향해 뭔가가 날아왔다.

"음?"

철혼이 기경하여 눈을 빛내고 살펴보니 그건 한 발의 강전이 었다.

경악스럽게도 빠르게 회전하는 강전을 따라 일정 공간이 송두리째 빨려들고 있었다. 가공할 흡인력으로 공간을 빨아들이며 빛살처럼 날아오는 광경은 전율이 일 정도로 엄청났다.

흡사 검강을 구사하는 고수가 강기를 잔뜩 일으킨 검을 폭풍처럼 그어대며 빛살처럼 쏘아져 오는 것 같았다.

철혼은 더 이상 생각하고 말고 할 것도 없이 대도를 부리나케 휘둘렀다.

쿠앙!

공간이 폭발하는 것 같은 굉음이 터졌다.

철혼은 얼굴을 잔뜩 일그러뜨린 채 뒤로 날아갔다.

발 디딜 곳이 없는 허공이라 속수무책이었다.

하나 그게 다가 아니었다.

뇌성벽력 같은 굉음을 일으키며 또 한 발의 강전이 날아왔다.

철혼은 눈을 부릅뜨고 대도를 힘주어 잡았다.

공간을 송두리째 빨아들이며 전광처럼 날아든 강전이 찰나지간 코앞까지 날아왔다.

누가 보아도 철혼이 위험해 보였다.

그때였다.

갑자기 철혼의 신형이 지상으로 꺼지듯 사라졌다.

콰― 앙!

천붕지음이 폭발했다.

초목이 사라지고 누런 흙이 용암처럼 허공으로 솟구쳤다. 유성이 떨어진 듯 커다란 구덩이가 패여 버렸다.

한 발의 강전이 만들어낸 놀라운 광경이었다.

"철시 하나로 이런 일을 할 수 있는 자는 한 사람뿐입니다."

"철궁왕!"

섭위문의 말에 철혼은 이를 악물며 자신의 발목을 감고 있는 무영사를 풀었다.

좀 전의 위기에서 그를 아래로 끌어내린 건 섭위문이었다.

"철궁왕은 십주 중에서 하위로 평가받고 있습니다. 하지만 그건 병기의 상성 때문이지 철궁왕의 신위가 부족해서가 아닙니다."

"정면으로 상대하면 안 된다는 뜻이군."

"예."

"좋아. 대원들은?"

"세 명이 다쳤습니다."

철혼은 뒤를 돌아보지도 않았다. 정확히는 돌아볼 수가 없었다.

철궁왕의 다음 공격을 대비해야 했기 때문이다.

그러나 다음 공격은 없었다.

"무슨 뜻이지? 방금 건 인사라는 건가, 자기를 알아봐 달라고?"

철혼이 조소를 흘렸다.

하나 상대의 신위가 워낙 대단하여 얼굴 표정은 잔뜩 굳어 있었다.

"대원들을 뒤로 물리도록 해."

철혼이 말했다.

하나 그조차도 쉽지가 않아 섭위문은 바로 대답하지 못했다.

그때였다.

한 발의 강전이 까마득한 허공으로 솟구치더니 이내 벼락처럼 지상으로 내려꽂혔다.

한데 그 위치가 묘했다.

양측의 중간쯤 되는 곳이었다.

엄폐할 것이 존재하지 않아 양측 모두에게 한눈에 보이는 곳이었다.

"왜……?"

"실수로 그랬을 리는 없고, 저 위치로 쏜 이유가 있을 텐데."

"위치? 그렇군, 알겠어."

"예?"

"저건 초대장이야."

"초대장이요?"

섭위문이 눈을 화등잔 만하게 치떴다.

철혼은 차가운 표정을 지으며 말했다.

"저리 와서 자신의 철전을 받아보라는 뜻이야."

"안 됩니다."

섭위문이 다급히 만류했다.

하나 철혼이 고개를 저었다.

"내가 응하지 않으면 대원들이 죽어나갈 거야."

"예?"

"내가 막을 수 있는 건 한 발이야. 철궁왕이 연사로 쏘면 나머지는 누가 막지?"

당연히 막지 못한다.

섭위문과 탁일도 막지 못한다. 철혼의 말마따나 대원들의 희생을 피할 수 없다.

섭위문의 안색이 딱딱하게 굳었다.

철혼은 말을 못하는 섭위문을 돌아봤다.

"내가 움직이면 사홍에게 명을 내려."

"무슨 명입니까?"

"처음에 날아온 열 발은 철궁왕이 날린 게 아니야. 그의 수족들이 있다는 뜻이니까, 내가 철궁왕을 상대하는 사이에 그자들을 쓸어버리라고 해."

"예에?"

다시 한 번 놀라는 섭위문.

철혼은 그 말을 남긴 후 돌아섰다. 그리고 곧 철시가 꽂혀 있는 곳을 향해 천천히 걸음을 옮기기 시작했다.

"대주님……."

섭위문이 걱정스러운 얼굴로 중얼거렸다.

"인정하지 않을 수가 없군."

철궁왕 공야도가 한 말이다.

자신이 날린 철시를 상대해 보고도 저리 나서는 걸 보니 배포 또한 실력만큼이나 대단하다는 걸 알 수 있었다.

하나 거기까지다.

놈은 죽는다.

절대 달라질 수 없는 절대적 결과다.

왜냐?

"난 그 나이에 나와 같은 무경에 오를 수 있다는 걸 인정할 수가 없다."

여의경 정도에 머물렀다면 그러려니 하며 무시했을 것이다. 세상엔 범인의 상상을 능가하는 천재들이 종종 나타나곤 하니까.

하지만 초월경은 다르다.

제아무리 무경의 천재라 하더라도 저 나이에 초월경에 오를 수는 없다.

훌륭한 스승에 절세적인 절학, 그리고 본인의 천재적인 오성과 뼈를 깎는 수련이 있다면 여의경에 오를 수 있을지도 모른다. 하나 거기서 그치지 않고 초월경에 들기 위해서는 거기에 하늘이 내린 기연이 추가되어야 할 것이다.

천하영웅맹에서는 흑수라가 초월경에 들었다고 보고 있다.

그렇다면 놈이 하늘이 내린 인물이라는 것인가?

인정할 수 없다.

결코 받아들일 수가 없다.

시험할 것이다.

세 발의 철시를 날려 놈을 시험할 것이다.

첫 번째 철시를 버티면 여의경일 것이고, 두 번째 철시를 버티면 초월경이다. 마지막으로 세 번째 철시는… 시험할 필요가 없다.

놈은 두 번째 철시에 쓰러질 테니까.

철궁왕 공야도는 무겁게 침묵하며 철시를 시위에 걸었다.

철혼은 당당히 걸었다.

철궁왕이 보낸 지옥으로의 초대에 기꺼이 응해주었다.

철궁왕이 보여준 건 놀라울 정도로 굉장한 신위였지만, 누구에게 지옥이 될지는 끝나보아야 안다.

장단은 대어봐야 아는 법이고, 고저는 세워봐야 아는 법이니까.

문제는 몇 발이냐다.

좀 전에 받아본 정도의 수준이라면 열 발도 가능하다. 하지만 이렇게 초대한 걸 보니 그 정도가 아닐 것이다.

얼마나 강할까?

십주의 말석을 차지한다고 하지만, 그건 병기의 상성 때문이라고 했다.

같은 십주 정도 되는 이라면 철궁왕의 철시를 피할 수 있을 터, 가까이 다가가면 그것으로 끝일 테니까.

그러나 파괴력만 놓고 보면 이제 바로 아래인 반검존(半劍尊), 거령신(巨靈神)과 어깨를 나란히 하는 이가 철궁왕이라고 했다.

그 말이 맞다면 철궁왕의 진짜 힘은 좀 전에 받아본 것보다 배는 더 강할 터.

'두세 발의 승부가 되겠군.'

그렇게 짐작하며 지상에 수직으로 꽂혀 있는 철시 옆에 걸음을 멈추니 멀리 커다란 바위 위로 모습을 드러내고 있는 노인이 보였다.

한 손에는 자신보다 훨씬 더 커다란 활을 들고 있었다.

'철궁왕……'

철혼은 대도를 힘주어 잡으며 철궁왕을 응시했다.

철궁왕 역시 오십여 장의 간격을 두고 철혼을 바라보았다.

두 사람은 마치 코앞에서 바라보고 있는 듯 서로의 존재를 뚜렷이 느끼고 있었다.

'네깟 놈이 날 상대할 수 있을 것 같으냐!'

'못할 건 없소.'

'네놈이 태어나기도 전부터 천하를 호령했던 몸이다.'

'천하를 호령하는 게 자랑이오?'

'절세무학을 익히고도 무명으로 사라진다면 그건 무공에 대한 수치다.'

'무공 좀 높다고 천지자연의 이치를 다 안다고 행세하지 마시오.'

'하긴 네깟 놈이 무얼 알까.'

'적어도 한 가지는 알고 있소. 십주도 사람이라는 것이오.'

철혼은 수중의 대도를 하늘 높이 들어 올렸다가 크게 원을 그리며 뒤로 늘어뜨렸다.

패왕굉뢰도의 기수식이다.

눈앞의 모든 걸 갈라 버리겠다는 의지와 누구도 막지 못한다는 오만함을 당당히 과시했다.

스으윽!

일보를 내딛자 대도의 칼날이 땅을 그었다. 이보를 내딛자 그만큼 길게 갈라졌다.

천천히 걷던 철혼의 걸음이 조금씩 빨라졌다.

허리를 곧추세우고 어깨를 편 채 두 눈은 멀리 철궁왕을 직시했다.

철혼이 움직이기 시작하자 철궁왕이 활을 들어 올렸다.

이 순간을 음미하듯 천천히 철혼을 조준했다.

어느새 땅을 박차고 질주하기 시작하는 철혼의 얼굴이 철시 끝에 걸렸다.

'이것이 참룡시(斬龍矢)다!'

철궁왕이 잔뜩 잡아당겼던 시위를 놓았다.

쾌애애애애애애액!

철시가 공간을 송두리째 빨아들이며 철혼을 향해 쏘아졌다.

순간 진각을 밟듯 강하게 땅을 찍어 신형을 멈춘 철혼이 뒤로 늘어뜨렸던 대도를 단숨에 휘둘렀다.

부아아아악!

허공을 크게 가른 대도와 철궁왕의 참룡시가 찰나간에 격돌했다.

순간 이전에 볼 수 없었던 가공할 폭발이 일어나며 철혼의 신형을 십여 장 밖으로 밀쳐내 버렸다.

대도를 땅에다 박아 더 이상 밀려나는 것을 막은 철혼은 잔뜩 인상을 썼다.

'이것이 철궁왕의 진짜 힘인가?'

철시에 실린 힘은 상상 이상이었다.

전력을 다한 자신을 십여 장 밖으로 밀쳐내 버릴 정도로 엄청 났다. 그 때문에 격돌과 동시에 신형을 날려 급습하려던 계획이 무산되고 말았다.

하나 실망하지 않았다.

싸움은 이제 시작이었다.

대도를 뽑아 든 철혼은 다시 움직였다.

몇 걸음 내디디며 자신의 몸을 점검한 철혼은 곧장 질주하기 시작했다.

'벤다! 베겠다! 패왕굉뢰도는 모든 걸 벤다!'

결연한 빛을 뿜으며 저돌적으로 질주하자 철궁왕이 두 번째 철시를 쏘았다.

'다르다!'

철혼의 얼굴에 놀람이 떠올랐다.

좀 전의 공격도 충분히 놀라운 것이었거늘 이번엔 배는 더 강 력한 느낌이었다.

공간을 찢어발기며 날아드는 철시에 엄청난 경력이 소용돌이 치고 있음을 알 수 있었다.

전율이 일 정도로 엄청났다.

그러나 두렵지는 않았다.

물러나고 싶지도 않다. 부딪쳐 보고 싶다. 저 강함과 온몸으 로 격돌하여 모든 걸 쏟아내고 싶다.

철혼은 신형을 한 바퀴 휘돌며 대도를 크게 그었다.

일도양단의 기세.

천뢰의 신공을 잔뜩 머금은 대도가 시퍼런 뇌기를 작렬시키며 천지간의 공간을 쩍 갈랐다.

그리고 그 끝에는 철궁왕이 천붕시(天崩矢)라 명명한 가공할 파괴력을 가진 철시가 빛살처럼 날아오고 있었다.

콰— 아아앙!

두 번째 격돌.

철궁왕은 흑수라의 죽음을 의심치 않았다.

천붕시는 다른 십주들도 감당하기 힘들 정도로 가공할 파괴력을 지녔기 때문이다. 심지어 사도천의 광존(狂尊)조차 철궁왕의 천붕시만큼은 상대하고 싶지 않다고 말할 정도였다.

철궁왕의 판단은 틀리지 않았다.

흑수라는 버티지 못했다. 이십여 장을 날아가 한쪽 무릎을 꿇고 있었다.

그러나 죽지 않았다.

'그래도 버텨냈단 말인가? 정말 놀라운 놈이로군!'

인정하지 않을 수가 없다.

정말 대단하다.

저 나이에 천붕시를 상대하고도 절명하지 않을 자는 단언컨대 흑수라 뿐일 것이다.

거대한 철궁을 내린 철궁왕은 흑수라를 인정하기로 했다.

물론 그렇다고 하여 놈이 죽지 않는 건 아니다.

다만 그의 출중함을 자신의 머릿속에 남겨둘 생각이다. 그것만으로도 놈에게는 충분한 영광일 터.

철궁왕은 신형을 날려 간신히 일어서는 흑수라의 십여 장 앞으로 내려섰다.

철혼은 입가로 피를 흘리고 있었다.

안색은 병자처럼 하얗게 탈색되었고, 무복은 넝마가 되어버렸다.

"정말 대단하구나!"

철궁왕이 감탄했다는 듯 말했다.

그러나 철혼은 받아들이지 못했다. 아니, 받아들일 수가 없었다.

"승부는 아직 끝나지 않았소."

"맞다. 아직 끝난 게 아니다. 네놈이 쓰러져야 끝이라 할 수 있다. 좋다. 네놈의 출중함을 인정하여 노부가 도달한 궁술의 끝을 보여주겠다."

철궁왕이 자신감 있게 말했다.

철혼은 억지로 전신을 펴며 대도를 뽑았다. 몸을 움직일 수 있다는 건 아직 힘이 다하지 않았다는 증거이니 충분히 싸울 수 있다.

철혼은 철궁왕을 죽이겠다는 집념을 불태웠다. 악귀처럼 사납게 일그러진 얼굴로 철궁왕을 노려보았다.

철궁왕은 그런 철혼을 향해 천천히 철궁을 겨누었다. 그런데 의아하게도 철시가 보이지 않았다.

"검의 궁극이 십이검강(十二劍罡)이라면 궁의 궁극은 무영시(無影矢)다. 노부가 말년에 간신히 이룩한 무영시를 지금 펼칠 터이니, 영광으로 알고 죽어라."

철궁왕이 시위를 천천히 잡아당겼다.

순간 무형의 기운이 쏟아져 나와 시위에 형체를 만들기 시작
했다.

이윽고 철궁왕이 시위를 끝까지 잡아당기자 백색 광채처럼
눈부신 빛을 쏟아내며 하나의 완벽한 화살이 되었다.

철혼은 부릅뜬 눈으로 철궁왕의 노안을 바라보았다.

득의만만한 얼굴이다.

자신이 이룩한 것에 대한 뿌듯함에 잔뜩 고취되어 있다.

'무(武)의 궁극에 젖어 무(武)의 근본을 잊고 있군!'

철혼이 틈을 발견한 순간 철궁왕이 시위를 놓았다.

철혼은 그때를 놓치지 않고 사력을 다해 섬뢰보를 펼쳤다.

번ー쩍!

시위를 떠난 무영시가 빛살 같은 속도로 철혼의 몸을 촌음간
에 관통했다.

"……!"

철혼은 우뚝 멈추었다.

그의 가슴에서 붉은 피가 흘렀다. 무영시가 엄지손가락만 한
구멍을 뚫어놓았다.

철혼은 대도를 짚고 선 채 철궁왕을 바라보았다.

믿을 수 없다는 듯 불신의 빛이 가득한 철궁왕의 두 눈이 철
혼을 노려보고 있었다.

"어떻게……."

"궁술의 궁극에 대한 답례로 살인술의 끝을 보여주었으니,

너무 억울해하지는 마시오."

"살인술……?"

"살을 주고 뼈를 취하는 것이야말로 살인술의 궁극이오."

살인술에는 정도가 없다. 수단 방법을 가리지 않고 상대를 죽이면 그만이다. 거기에 궁극이라는 것이 있다면 자신보다 월등히 강한 자를 쓰러뜨리는 것이야말로 바로 그것일 것이다.

"허, 허허허허……."

철궁왕은 허탈한 웃음을 터뜨리며 꼿꼿이 굳은 채 뒤로 넘어갔다.

땅바닥에 쓰러진 철궁왕의 미간에는 강전 하나가 박혀 있었다.

철혼은 뻗고 있던 왼쪽 팔을 내렸다.

정말 힘겨운 격전이었지만, 결국 승리는 철혼의 몫이었다.

철궁왕이 무영시라는 궁극의 절예에 고취된 순간 승부의 저울추는 철혼 쪽으로 급격히 기울었다.

철혼이 무영시의 단점을 한눈에 파악했기 때문이다.

무영시는 뚫지 못할 것이 없을 정도로 가공할 절예이다. 그러나 워낙 관통력이 뛰어나기에 급소만 피한다면 즉사를 면할 수도 있다.

그러한 사실을 파악한 철혼은 기꺼이 몸을 던졌고, 무영시가 가슴을 관통한 순간 경계심이 풀어져 버린 철궁왕을 향해 귀궁노를 발사했다.

철혼은 대도에 의지한 채 고개를 들었다.

철궁왕이 나타났던 곳에서는 막 싸움이 벌어지고 있었다. 철궁왕의 제자들과 사홍이 이끄는 삼조의 격돌이었다.

결과는 보지 않아도 알 수 있다.

철궁왕의 제자들은 남김없이 도륙당할 것이다.

그들의 궁술이 얼마나 출중할지는 모르나 그들의 궁으로는 삼조원들의 능영보(凌影步)를 맞추지 못할 것이다. 특히 저토록 잡목들이 빽빽한 곳이라면 더 그렇다.

결국 접근을 허락할 것이고, 삼조원들이 펼치는 섬혼도(閃魂刀)의 밥이 될 수밖에 없다.

'궁(弓)은 무서운 무공이지만, 완벽하지 않아!'

철혼은 대도를 뽑으려다 말고 그 자리에 주저앉았다.

"아프군. 능 조장은 이보다 더 아팠겠지?"

무영시에 당한 자신보다 장창에 당한 능인이 훨씬 더 아팠을 거라는 생각을 하며 힘겹게 시선을 들어보니 부리나케 몰려오고 있는 섭위문과 흑영대가 보였다.

"우리도 충분히 강한데… 늙은이들은 진짜 괴물이군."

갈 길이 멀었다.

이제는커녕 반검존과 거령신을 상대할 수 있을지. 사도천에는 삼존이라는 세 괴물도 있었다.

철혼은 까마득하다는 생각을 하며 혈도를 눌러 출혈을 막았다.

이때 투박한 손 하나가 불쑥 다가와 철혼의 손을 쳐내고 분주히 움직였다.

가장 먼저 도착한 섭위문이었다.

섭위문은 몇 군데 혈도를 찍더니 상의를 벗겨 버리고는 등 뒤쪽까지 꼼꼼히 살폈다.

"어떠냐?"

탁일도가 호흡을 다스리지도 않고 다급히 물었다. 섭위문이 고개를 젓자 탁일도가 아연실색한 얼굴로 그 자리에 털썩 무릎을 꿇었다.

"뭐하는 거냐?"

"끝났다며?"

"누가?"

섭위문이 황당하여 되묻자 탁일도가 멍청하게 눈만 깜박거렸다.

"방금 고개를 저었잖아?"

"용케 장기는 피했지만, 당분간 무공을 펼치기 어렵겠다는 뜻이었다."

말문이 막힌 듯 멍청히 바라보는 탁일도.

그의 얼굴이 점점 굳어지는가 싶더니 이윽고 흉신악살 같은 얼굴로 고함을 질렀다.

"이런 육시랄 놈아! 그 정도 가지고 왜 고개를 젓고 지랄이야! 심각한 일이 벌어진 줄 알고 간덩이가 콩알만 해졌잖아! 한 번만 더 그따위 짓을 했다간 아주 육시를 내버릴 테니까, 아주……!"

소리치던 탁일도가 경악하여 말을 멈추었다.

섭위문이 철혼의 몸에 강전을 박아버렸기 때문이다.

"너, 너너너너……!"

너무 놀란 나머지 말조차 더듬거리는 탁일도.

주위를 에워싸고 있던 흑영대원들조차 너무 놀라 얼굴빛이 변했다.

섭위문은 아랑곳 않고 담담하게 말했다.

"장기가 상하지 않게 잘 조절하셔야 합니다."

철혼은 한 차례 고개를 끄덕이더니 끄트머리만 살짝 보이는 강전을 잡고는 일 성의 천뢰신공을 일순간 흘려보냈다.

찰나지간 쇠로 만들어진 강전이 달궈지며 안쪽의 상처 부위를 지져놓았다.

철혼이 손을 내리자 섭위문은 강전을 뽑았다.

미리 촉을 제거했던 강전이라 더 이상의 상처를 내지 않고 쑥 빠져나왔다.

섭위문은 철혼의 등 뒤로 돌아가 강전을 다시 박아 넣었다.

귀궁노에 사용하는 강전은 워낙 길이가 짧아 두 번 할 수밖에 없었다.

철혼은 다시 한 번 천뢰신공을 일으켰다.

"육시랄 놈! 육시랄 새끼, 간덩이가 떨어지는 줄 알았네."

탁일도가 맥이 풀렸다는 듯 힘없이 욕설을 내뱉었다.

대충 응급조치를 마친 섭위문은 탁일도를 한 번 돌아보며 내뱉듯이 말했다.

"검평은?"

네 명의 대원이 부상을 입었다.

세 명은 팔다리와 옆구리 살이 뚫리는 정도였지만, 유검평은 잡목을 꿰뚫은 강전이 등에 박혀 버렸다.

어느 곳에 박혔는지 제대로 살펴볼 겨를이 없었는데, 언뜻 보기에도 가벼워 보이지는 않았다.

섭위문의 물음에 탁일도가 벌떡 일어났다.

"내 새끼! 내 새끼 어딨어?"

대원들이 두리번거려 보지만 어디에도 유검평이 보이지 않았다.

"저기 옵니다."

"어, 어디냐!"

탁일도가 소리치며 대원들을 헤치고 보니 멀리서 하여령이 유검평을 데려오고 있었다.

그런데 그 모습이 묘했다.

분명 하여령이 유검평을 업고 있었는데, 유검평의 두 다리가 땅에 질질 끌려오고 있었다.

"저거 왜 저러냐? 여령이가 힘이 없을 리도 없는데……?"

이해할 수 없다는 듯 고개를 갸웃하는 탁일도.

하나 곧 왜 저런 모습인지 두 사람이 옥신각신하는 대화를 통해 알 수 있었다.

"싫다니까요!"

"왜 싫어?"

"그냥 싫어요! 싫으니까 얼른 내려봐요!"

"내가 그렇게 싫어?"

"여령 선배가 싫은 게 아니라 업히는 게 싫단 말입니다."

"그니까 나한테 업히는 게 왜 싫어? 말할 때까지 안 내려놓을 테니까 얼른 대답해!"

"선배는 여자잖아요!"

"그게 뭐?"

"난 남자란 말입니다!"

"그니까 그게 뭐?"

티격거리는 두 사람의 모습에 흑영대는 안도하는 한편 웃음을 터뜨렸다.

"꼴에 사내랍시고 죽어도 여자 등에 업히긴 싫다 이거구만! 멍청한 놈, 저런 기회를 마다하다니."

"그러게 말입니다. 저라면 좋아서 가만히 있겠구만."

"야, 소귀!"

"예."

"내가 저렇게 다치면 꼭 여령이 보고 업으라고 해라."

"그걸 왜 저한테 말합니까?"

"뭐?"

"전 일조, 탁 조장님은 이조. 제발 좀 헷갈리지 마십시오."

하도 붙어 다녔더니 소귀가 자신의 조원인양 자꾸만 헷갈리는 탁일도.

머쓱함을 떨치기 위해 아니면 말지라는 얼굴로 눈을 부라려 준 후 자신의 조원을 찾았다.

"일비!"

"싫습니다. 여령 선배는 제가 지킬 겁니다."

강일비가 너무 단호하게 거부하자 탁일도의 얼굴이 확 일그러졌다.

"지키긴 뭘 지켜! 누가 잡아먹냐?"

"만날 젖가슴이나 훔쳐보던 사람이 누구더라?"

"염병할 놈아, 그건……."

"장난이라는 둥 그딴 소리는 마십시오."

"누가 장난이래? 본능이다, 본능. 너도 수놈이니까 잘 알 거 아니냐!"

"모르겠는데요."

"진짜 몰라?"

"예, 모르겠습니다. 모르겠으니까 다시는 그렇게 음흉하게 보지 마십시오. 추잡스러워 보이고… 컥!'

뚱한 표정으로 탁일도를 몰아붙이던 강일비가 크게 휘청거리 며 뒤통수를 부여잡았다.

"이 새끼가 어따 대고 찍찍거려! 조장님이 니 친구냐! 그리고 내 젖가슴 훔쳐보는 걸 왜 니가 화를 내고 지랄이냐! 이게 니 꺼 냐?'

어느새 하여령이 업은 건지 끌고 온 건지 모를 유검평을 팽개 치더니 제 가슴을 움켜잡으며 쏘아붙였다.

강일비는 그저 멍청히 쳐다봤고, 탁일도는 '윽!' 하며 신음하 는 유검평에게 잽싸게 다가가 상처 부위를 살펴본다며 바쁜 척 했다.

"그 새끼, 갈비뼈 나갔으니까 의원한테 데려다줘야 할 거예 요. 하여간 희한한 놈이에요. 어떻게 화살이 갈비뼈에 맞고 지 랄인지 몰라. 갈비뼈 사이로 박혔으면 얼마 안 다쳤을 건데."

"척추에 맞지 않은 게 다행이구만."

하여령의 말을 탁일도가 받았다.

구박하듯 말하고 있지만 둘 다 염려하는 눈치였다.

그러는 사이 삼조가 돌아왔다.

대원들은 삼조원들을 빠르게 살펴보았다. 빠진 숫자도 없었고, 하나같이 피를 묻히고 있지만 부상을 입은 이는 없었다.

"임무 수행하고 돌아왔습니다."

사홍이 대표로 읍하며 보고했다.

철혼은 수고했다고 말해주었다. 그러나 칭찬 같은 건 하지 않았다.

사홍이 서운해할지는 모르지만, 이 정도는 충분히 해내야 했고, 또 충분히 할 수 있는 그녀였다.

"일정에 차질이 생겼습니다."

분위기 수습도 할 겸 지장명이 나섰다.

지장명은 철혼이 부상을 입은 데다 검평을 비롯해서 대원들도 부상자가 있으니 앞으로의 일정을 변경하는 게 불가피하다고 여겼다.

"도균이 가깝다고 했으니까, 그리로 가지. 사홍!"

"예."

"삼조는 피 냄새를 지운 후에 애초 계획대로 귀양으로 가도록 해. 가서 암향총의 본거지에 대해 소상히 파악해 와."

"알겠습니다."

명을 받은 사홍이 삼조원들을 데리고 물러갔다.

지장명은 그 모습을 물끄러미 바라보다 걱정스럽다는 듯 말했다.

"괜찮겠습니까?"

"괜찮아. 사홍은 생각보다 뛰어나. 능 조장의 빈자리를 채워야 한다는 사명감 때문에 약간 흥분한 상태이긴 하지만, 큰 실수는 하지 않을 거야."

"제가 염려하는 게 그겁니다. 제 눈에도 약간 흥분한 것 같습니다. 하물며 암향총의 살수들에게는 어떻게 보이겠습니까?"

귀양의 곳곳에 암향총의 눈길이 닿고 있을 것이니, 사홍의 행동거지가 의심받을 수 있다는 걸 지적하고 있었다.

"어설퍼 보이겠지."

"예?"

"우린 손님 받을 준비를 해야 할 거야."

"대주님!"

"이번 일을 통해 사홍도 깨닫는 게 있을 테니, 일거양득이 될 거야."

"일부러 보내는 거군요?"

"그래. 어차피 사방에 눈을 풀어놓고 있을 테니, 기습하는 게 쉽지 않을 거야. 하니 저들을 불러내 가지를 치고 어떻게 나오는지 지켜보자고."

"나쁘지 않군요. 아니, 좋습니다. 여러모로 그렇게 하는 게 낫겠습니다. 아무래도 제 머리가 대주님을 못 따라가는 모양입니다."

"전임 대주님께 배운 거야. 내 머리가 돌이라는 건 사조장도 잘 알잖아."

"아닌 것 같은데요? 제가 생각지도 못한……."

"사조장은 생각이 너무 많아서 그래. 본 대의 희생을 너무 우려하다 보니 이것도 안 되고, 저것도 안 되고 그러는 거야."

"그렇게 보입니까?"

"그래. 요즘 사조장은 너무 불안해하는 것 같아."

"대주님은 아닙니까?"

"나도 그렇지. 그래서 앞으로는 그러지 않기로 마음먹었어. 탁 조장이 한 말이 맞는 것 같아. 삼류로 태어나 흑영대원으로 죽으니 당장 내일 죽어도 여한이 없다는 말이 참 마음에 들어. 아, 그거 지 조장이 생각해 낸 말이던가?"

"그렇긴 합니다만, 탁 조장께서도 크게 공감해 주셨습니다."

"그렇군."

철혼과 지장명은 저쪽에서 유검평을 비롯한 부상자들을 돌보면서도 하여령 등과 티격거리는 탁일도를 바라보았다.

때로는 격의 없는 친형처럼, 또 때로는 장난기 많은 친구처럼, 그리고 필요할 때는 적들을 압도하는 광포한 무인으로.

소귀와 함께 흑영대의 분위기를 이끌어가는 듬직한 존재였다.

"보기 좋군요."

"그래."

지장명과 철혼의 입가에 비슷한 성질의 미소가 그려지고 있었다.

6장

암전(暗戰)

"귀주성에 있는 것으로 최종 확인되었습니다."

"귀주성?"

"예. 광서성 옥림에서 모습을 드러낸 후에 종적을 감추었던 모양입니다. 그쪽 비선(秘線)들을 총동원해 보니 광서성에서 귀주성으로 넘어가는 곳에서 목격자를 찾았답니다."

"흠, 귀주성이라… 그곳에 뭐가 있지?"

양교초의 물음에 밀첩부(密諜府) 부부주가 잠시 생각하는 듯하더니 눈을 크게 뜨며 말했다.

"암향총! 암향총이 있습니다."

"살문제일방파라는 암향총 말인가?"

"예. 아무래도 암향총을 쳐서 구양세가의 약점을 파고들 모양입니다."

"여기서 구양세가는 왜 나오지?"

"모르셨습니까?"

양교초는 말해보라는 얼굴로 가만히 바라보기만 했다.

밀첩부 부부주는 누가 들으면 안 된다는 듯 목소리를 낮추었다.

"암향총의 배후에 적인구양세가가 있다는 말이 있습니다. 알아볼 방법도 없고, 대놓고 떠들 수도 없어 모두들 쉬쉬하고 있습니다만, 꽤 신빙성이 있는 정보라고 알려져 있습니다."

"그 때문에 암향총을 습격하러 가는 거다?"

"그게 아니라면 귀주성에 갈 이유가 있겠습니까? 아시다시피 사천성은 사도천의 앞마당이나 마찬가지인데, 사천성으로 가려는 건 아니겠지요."

거의 확실하다는 듯 말하는 밀첩부 부부주.

양교초는 턱을 괴고 잠시 생각에 잠겼다.

'지금쯤이면 철궁왕과 만났겠지? 내 예감이 틀리지 않는다면 죽는 건 흑수라가 아니라 철궁왕일 게 분명해. 철궁왕의 궁술은 타의추종을 불허할 정도라고들 하지만, 궁술 자체가 가진 약점이 있다. 흑수라라면 그걸 놓치지 않을 터, 죽는 건 철궁왕이다. 문제는 놈의 부상 여부인데…….'

양교초는 원로원들 앞에서 떠든 것과는 달리 흑수라와 흑영대가 좀 더 활약해 주길 바랐다.

밖에서 십주들의 세력을 약화시키길 바랐다. 그래야 자신이 천하영웅맹의 권력을 완전히 휘어잡는 데 유리하게 작용하기 때문이다.

'놈을 죽이는 건 일도 아니다. 이제(二帝) 중 한 명만 나서도 깨끗이 정리될 거다. 하지만 그럴 일은 절대 없다. 고지식한 이제라 자신들이 나서는 건 위엄이 떨어진다고 여기니까. 반검존과 거령신도 나서지 않을 거야. 그들은 자신이 이제와 어깨를 나란히 한다고 생각하고 있으니까. 그렇다면 남은 건 흑뢰신(黑雷神)과 금강철패(金剛鐵覇), 그리고 쌍검왕(雙劍王) 정도로군. 철궁왕마저 당한 게 기정사실로 드러나면 세 사람이 한꺼번에 나서겠지.'

흑뢰신과 금강철패 그리고 쌍검왕이 한꺼번에 나선다면 흑수라는 끝이다.

물론 놈이 죽는 건 상관없다.

문제는 흑수라가 세 사람에게 죽는다면 자신이 원로원에 원하는 걸 얻지 못한다는 것이다.

"구룡왕은 어디에 있지?"

한참 만에 양교초가 물었다.

밀첩부 부부주는 식은 차를 입으로 가져가려다 말고 반사적으로 대답했다.

"호남에 있는 줄로 압니다."

"움직이라고 연락해."

"어디로 말입니까?"

"섬서성으로 가라고 해."

"예? 섬서는 왜?"

"우문쌍검가(宇文雙劍家)가 거기에 있잖아."

"그야 그렇습니… 설, 설마……?"

밀첩부 부부주는 자신이 생각하고 있는 게 뭔지 입 밖으로 꺼내지도 못하고 떨리는 눈으로 양교초를 바라봤다.

"설마가 맞아. 그렇게 해야겠어. 원로원에서 흑수라와 흑영대의 일을 내게 맡기지 않고 흑뢰신과 금강철패, 그리고 쌍검왕을 내보낸다면 우문쌍검가를 쓸어버릴 테니까, 그곳에서 대기하라고 해."

양교초의 두 눈이 이리의 눈빛처럼 사납게 번뜩였다.

*   *   *

"철궁이 꺾였다는군."

"궁의 한계를 극복하지 못한 겐가?"

"그런 모양이네."

"놈은?"

"무영시가 관통한 모양이네."

"급소를 피했다면 움직이는 데는 지장이 없겠군."

"그렇겠지. 궁은 꺾이고 놈은 그대로네. 이제 어찌할 텐가?"

"내게 맡기겠다는 건가?"

"내겐 거령신밖에 남지 않았네."

"그렇군. 상황이 참 묘하게 됐어. 누가 보면 내가 상황을 이렇게 만들었다고 오해하겠어."

"그런 생각을 하지 않은 건 아니네."

적도제 구양무휘의 음성이 담담하게 흘러나왔다.

하나 그 말이 얼마나 위험할 수도 있는 것인지 모르지 않기에 숭검제(崇劍帝) 하후천도는 난을 그리던 붓을 멈출 수밖에 없었다.

"완전히 거둔 겐가?"

"거두고 말고 할 것도 없네. 자네가 그랬을 리도 없고, 설사 그랬다 한들 뭐가 문제겠는가. 이 백룡검을 받아보면 그만인 것을."

구양무휘는 벽에 걸려 있는 새하얀 장검을 조심히 쓰다듬었다.

백룡이 용틀임하듯 생동감 있게 휘감고 있었다.

"상황이 그러하면 꼴사나운 짓이라도 마다하지 않겠다는 건가?"

"요즘은 그런 생각을 자주하네. 칼 한 자루 쥐고 강호를 종횡하던 젊은 시절이 좋았다고 말이네. 그때는 모든 게 어설프고 부족했지만, 겁 없고 자신감이 넘치던 시절이 아니던가."

"자네가 원한다면 지금도 할 수 있지 않은가?"

"사도천 말인가?"

"그러네. 삼존이라면 자네의 상대로 격이 떨어지지 않으니 얼마든지 날뛰어보게."

"부족해."

구양무휘가 고개를 젓자 하후천도는 이해할 수 없다는 표정을 지었다.

"삼존이 부족하단 말인가?"

"둘 다일세. 삼존도 부족하고 나도 부족하네. 그리고 자네 역시 마찬가지네."

구양무휘가 백룡검에서 손을 떼며 돌아섰다.

두 눈에 허탈함이 느껴지는 건 착각일까?

하후천도는 붓을 손에서 내려놓으며 물었다.

"삼존도 부족하고 자네와 나도 부족하다?"

"그러네. 우리에겐 피를 끓게 만드는 열기가 부족하네. 하늘을 놀라게 하고 땅을 뒤집을 수 있을지언정 세상 사람들의 피를 들끓게 만들지는 못할 걸세."

천외천(天外天)!

사람들은 천외천의 절대고수라며 찬양한다.

하지만 요 근래 문득 든 생각은 천외천에 갇혀 버린 건 아닌지.

저자에 나가 탁주 한 사발 시켜놓고 마음 놓고 들이켜지도 못하는 신세이지 않은가.

흉악한 무리을 향해 뜨거운 협기를 폭발시키지도 못한다.

그저 이렇게 자리를 차지하고 앉아 눈에 보이지도 않는 위세를 부리고, 뜻에 반하는 흑수라와 같은 청춘들을 짓밟기에 급급하다.

누구를 위해 무공을 익혔고, 무엇을 위해 이 자리에 있는 것인가?

"자네?"

"맹주가 있는 곳을 찾았네. 이 공허함은 그가 사라진 후부터 생긴 것이더군. 해서 그를 만나볼까 하네."

"돌아오지 않을 생각인가?"

"글쎄. 이곳으로 돌아오는 것보다는 사도천으로 가는 게 낫지 않을까 싶은데, 맹주를 만나본 후에 결정할 생각이네."

"기다리겠네."

"기다리지 말게. 생각해 보니 여기까지 온 건 내 길이 아니었지 싶네. 자네의 여정에 합류한 것일 뿐이니, 이제라도 내 길을 가야겠네."

"무휘……."

"그간 고마웠네. 혹여 다시 보게 되면 그때는 자네의 백룡검을 다시 한 번 받아보고 싶네."

"자네의 적도(赤刀)만이 내 지기이자 유일무이한 적수였네."

"고맙네. 잘 있게."

짧은 대화였다.

하나 그 속에 많은 것을 남기고 건네주었다.

후회와 선택.

언젠가 또다시 후회할지도 모르지만, 지금 또 하나의 선택을 하였으니 더 늦기 전에 그 길을 가려한다.

적도제 구양무휘는 숭검제 하후천도가 보는 앞에서 화려한 적룡포를 벗어버리고 창문 밖으로 훌쩍 신형을 날려 대붕이 날아오르듯 천중을 향해 높이 솟구쳐 사라졌다.

"밖에 있느냐?"

하후천도의 음성이 쩌렁 울리자 문이 열리고 백의무룡단(白衣武龍團) 단주 숭양검객(崇陽劍客) 남조양이 성큼 들어왔다.

"하명하십시오."

"맹주부로 가라. 가서 당장 이리 달려오라고 일러라. 만일 오지 않겠다고 버티면 구룡(九龍)을 아홉 조각으로 찢어버리겠다고 전해라."

"존명!"

남조양이 물러갔다.

하후천도는 벽을 향해 손을 뻗었다.

백룡검이 스스로 검집에서 빠져나와 하후천도의 손으로 빨려왔다.

하후천도는 검을 들고 전방을 가리켰다.

순간 새하얀 검신 위로 더욱 크고 길쭉한 유백색의 검강이 완전한 검의 형태를 만들었다.

하나 그것도 잠시, 검강이 좌우로 분열하여 열두 개로 불어났다.

십이검강(十二劍罡)!

검공의 궁극이라는 십이검강이 분명했다.

정확히는 십이비검강(十二飛劍罡)이다. 열두 개의 검강을 자유자재로 부릴 수 있다는 뜻이다.

하후천도는 십이검강을 날리려다 말고 화를 삭이듯 일거에 거둬들였다.

그리고 신경질적으로 검을 던져 버리니 백룡검 스스로 날아가 검집 속으로 자취를 감추었다.

"내가 만들어놓은 천하다. 누가 감히 더럽힌단 말이냐! 흑수라든 소면검이든 하나하나 싹을 잘라주마!"

이를 갈아붙이는 하후천도의 두 눈에 시퍼런 청광이 번뜩였다.

       *   *   *

어둠.

달이 구름 뒤로 숨어 제 힘을 발휘하지 못하니 어둠이 기승을 부렸다.

이름 모를 잡목들이 빽빽한 숲은 더욱 지독한 어둠이 모든 걸 집어삼키고 있었지만, 그 속으로 기꺼이 모여드는 인영들이 있었다.

"다 모였어?"

어둠 속에서 사홍의 목소리가 나직이 흘러나왔다.

"조장, 이건과 위걸이 아직 도착하지 않았어."

굵은 목소리가 대답했다.

삼조에서 가장 나이가 많은 임당한이다.

전임대주 시절 그를 조장으로 임명하려고 했으나 자신은 조원들을 이끌어가는 능력이 부족하다며 극구 사양하며 능인을 천거했던 이다.

"두 사람은 이미 만났어요. 뒤에 남아 혹시 꼬리가 따라붙는지 확인해 보라고 했어요."

"그럼 다 모였네."

암향총의 본거지가 있는 일대를 둘러보고 귀양을 완전히 빠져나오는 길이다.

암향총의 감시가 철저할 것을 우려하여 너무 가까이 가지는 못하고 골목들과 건물의 위치들을 확인했다. 기관이나 감시자들이 있을 것으로 추정되는 곳과 가장 감시가 소홀해 보이는 곳, 그리고 가장 빠른 시간에 암향총의 중심부로 향할 수 있는 길을 파악했다.

"당한 선배가 생각하는 곳은 어디예요?"

"북쪽."

"역시."

사홍이 고개를 끄덕이자 임당한이 다시 봤다는 표정을 지으며 입을 열었다.

"조장도 같은 생각인가 보네?"

"예. 다만 한 가지 문제가 있어요."

"그렇지. 하지만 해결책이 있지?"

"예. 대주님이에요."

"내 느낌이지만 귀양 전체가 암향총인 것 같아. 아마 흑영대가 귀양에 진입하는 순간 반각 안에 암향총의 수뇌부가 그 사실을 보고 받게 될 거야."

"방법은 하나뿐이에요."

"맞아. 속전속결!"

"좋아요. 대주님께 그렇게 보고해도 되겠지요?"

"다른 조원들이 이의가 없다면 그렇게 해도 될 것 같네."

임당한이 조원들을 둘로 보았으나 누구도 이의를 제기하지 않았다.

"좋아요. 이제 복귀할 준비를 하지요."

사홍이 그렇게 결정을 내린 순간 두 개의 인영이 빠른 속도로 달려왔다.

옷자락 펄럭이는 소리조차 내지 않고 도착하더니 양손을 빠르게 움직여 뭔가를 신호하자 사홍을 비롯한 삼조원들이 얼굴을 굳히며 사방으로 흩어져 순식간에 자취를 감추었다.

공기의 흐름만이 그들이 흩어졌다는 걸 알려주었다.

멀리서 들려오는 야조들 우는 소리만이 정적을 깨뜨렸다.

그렇게 얼마나 흘렀을까?

멀리서부터 어둠이 일렁였다.

어둠은 어둠일 뿐 스스로 움직이지 않는다. 어둠이 일렁인다는 건 그 안의 뭔가가 움직이고 있다는 걸 의미한다.

아니나 다를까, 잠깐의 시간이 어둠 속으로 소리 없이 흘러가자 어둠 속을 움직이는 존재가 흐릿하게 모습을 내보였다.

칼을 든 자들이었다.

칼날에 시커먼 칠을 하여 혹시라도 모를 달빛마저 삼키도록 한 어둠 속의 습격자들이었다.

숫자는 이십 정도였다.

하나같이 자신의 기운을 철저히 감춘 채 소리 없이 움직였다.

그러나 그들이 눈앞에 모습을 드러냈음에도 흑영대 삼조원들은 움직이지 않았다.

어둠 속에 몸을 묻고 두 눈은 최대한 가늘게 뜬 채 사홍이 움직이기를 기다렸다.

'아직이다. 아직 움직이면 안 돼.'

임당한은 입안이 껄끄럽게 말라감을 느꼈다. 흑영대가 되어 이토록 긴장해 본 적이 없는 것 같다.

눈앞에 나타난 자들이 강해서가 아니었다.

이들은 흑영대에게 상대조차 되지 못한다. 그럼에도 이토록 긴장하는 건 사홍이 실수를 할까 싶어서다.

대행이고 임시라 하지만, 사홍은 능인 조장을 대신하고 있다.

막중한 책임감을 가지고 있는 와중에 실수라도 하게 되면 상당한 심적 타격을 입게 된다. 정신적 타격은 결국 사홍을 위축되게 만들 것이고 한동안 그것에서 헤어나지 못하게 될 것이다.

삼조가 맡는 대부분의 임무는 속도와 은밀함이 생명이다.

정신과 몸이 위축되면 결국 같은 실수를 반복하게 될 공산이 크다.

임당한이 염려하는 건 거기까지였다.

'사홍, 움직이지 마. 이들이 아니야. 이들은 미끼에 불과해, 진짜는 아직 나타나지 않았어. 조금만 더 참아.'

임당한은 두 눈을 감고 주변의 기척을 살폈다.

어둠 속을 흐르는 공기의 흐름을 읽고 극도로 발달한 후각으로 사람 냄새를 분류했다. 새로 생겨난 공기의 흐름과 미끼들과는 성질이 다른 냄새를 찾으려고 집중했다.

임당한이 익힌 암혼인(暗魂引)은 오감을 증폭하여 인간의 한계를 초월한 감지 능력으로 반경 이십 장 이내를 손바닥 들여다보듯이 샅샅이 훑어낸다.

임당한은 사홍이 움직일까 염려하는 부담감을 안고 그야말로 초인적인 인내력을 발휘하여 집중하고 또 집중했다.

혹시라도 사홍이 먼저 움직이기 전에 최대한 빨리 미끼를 내건 자들을 포착하려고 했다.

다행히 사홍이 움직이지 않고 있었다.

'사홍이도 알아차린 건가?

아무래도 그런 듯싶다.

벌써 저만큼 가고 있는데도 사홍이 움직이지 않고 있으니 저들이 미끼에 불과하다는 사실을 알아차린 게 분명하다.

그렇다면 미끼를 보낸 자들을 잡을 수 있다.

임당한은 안도하며 암혼인에 더욱 집중했다.

'움직이면 공기가 흐르게 되어 있다. 초월경의 절대고수라 하더라도 그것만큼은 어쩌지 못한다. 그리고 인간인 이상 자신의 냄새를 지울 수는 없다. 기껏해야 다른 냄새로 자신의 냄새를 감추는 게 고작이다. 어디냐! 어디서 움직이고 있는 것이냐!'

임당한은 자신을 절대적 고요 속으로 침잠시키며 미세한 공기의 흐름 속으로 자신의 감각을 실었다.

흐름을 타고 흐름을 느끼는 것.

그것이 암혼인의 요체였다.

반각이 지나기도 전이다.

멀리서부터 일렁이는 미세한 흐름이 있었다. 새로 흘러드는 바람이다. 하지만 일반적인 바람과는 다르다. 여러 가닥이 동시에 움직이고 있으니까.

'왔다!'

임당한은 진짜가 나타났다는 걸 직감했다.

더욱 초조해진 마음으로 사홍의 위치를 슬쩍 바라봤다. 물론 육안으로는 보이지 않는다. 시커먼 어둠만이 잔뜩 웅크리고 있을 뿐이다.

'사홍, 기다려. 저들이 눈앞에 나타날 때까지 참지 못하면 우리 쪽의 피해가 커질 거다.'

백주 대낮이라면 상황이 달랐을 것이다.

저들 모두가 암향총의 특급살수이지 않는 한 흑영대의 상대가 되지 못한다. 살수들의 무공으로는 섬혼도와 능영보를 감당하지 못하기 때문이다.

저들의 위치가 눈에 들어온 순간 그것으로 끝이다.

하지만 어둠 속이라면 다르다.

자신과 사홍 정도라면 모를까, 어둠 속에 숨죽여 버린 일급살수들의 정확한 위치를 간파하기란 쉽지 않을 것이다. 저 살수들이 사용하는 병기를 알지 못한다는 약점도 있다.

거기에 한 가지 더.

저들 중에 특급이 몇이나 끼어 있는지도 알지 못한다.

그래서 성급히 움직이면 이쪽 역시 상당한 피해를 당할 수밖에 없다.

임당한은 불안감을 애써 떨쳐내며 오감을 더욱 증폭시켰다.

저들 중에 끼어 있을 특급살수들을 잡아내고자 극도로 집중했다.

'숫자는 스물 정도 되는군. 저 중 특급은 몇이나 있을까? 일부러 기척을 드러내고 있을까? 아니면 완벽히 감추었을까?'

아예 존재하지 않는다면 더할 나위 없이 좋지만, 둘 다일 수도 있다.

임당한은 가늘게 뜬 눈으로 몰려오는 어둠을 응시했다.

이미 기척을 감지한 자들의 위치를 한눈에 두는 한편 어둠 속에 숨어 있을지도 모를 특급살수들을 찾아내고자 집중력을 극도로 발휘했다.

그러나 그 어떤 낌새조차 포착되지 않았다.

'쉽게 발각될 거라면 특급이 아니다 이건가? 좋아, 나타나지 않겠다면 나타나도록 만들어주지.'

임당한은 두 자루의 비도를 양손에 나눠 쥔 채 사홍이 움직이기를 가만히 기다렸다.

칠흑 같은 어둠이 양측을 완벽히 감추어주고 있었다.

시간이 고요하게 흘렀다.

'아직이야. 열 걸음이다. 열 걸음까지 기다려.'

열 걸음 이내라면 조원들의 능영보가 빛을 발할 것이다. 반대로 열 걸음 밖이라면 고전을 면치 못할 수도 있다. 게다가 특급 살수가 끼어 있다면 희생자가 발생할 공산이 크다.

임당한의 바람이 통했던 것일까?

사홍이 움직이지 않았다.

극도로 발달한 기감에 걸려들 정도로 살수들이 가까워졌다.

그리고 잠시 후 살수들의 위치가 열 걸음 이내로 들어왔을 때다.

피익!

귀궁노에서 튀어나온 강전이 야음을 꿰뚫는 순간 흑영대 삼 조원들이 일제히 움직였다.

빛을 능가한다는 이름을 가진 능영보가 어둠을 찢어발기며 살수들의 코앞까지 이동시켜 주었다.

퍽!

강전이 살수 중 하나의 미간을 정확히 꿰뚫는 찰나, 가장 먼저 움직인 사홍의 칼이 잡목 뒤에 숨어 있는 살수의 목을 정확히 갈랐다.

그때였다.

사홍의 머리 위에서 미세한 펄럭임 소리가 급전직하로 뚝 떨어졌다. 그보다 먼저 소리조차 없는 암기가 사홍의 정수리로 날아들었다.

순간 사홍의 신형이 크게 꺾이는가 싶더니 허공으로 솟구쳤다.

육안으로 식별조차 할 수 없는 암기가 무용지물이 된 순간 사홍의 칼이 허공에서 기습하는 살수의 송곳처럼 길쭉한 병기를 쳐냈다.

당황한 살수가 좌수로 암기를 뿌리려는 찰나의 순간, 사홍이 크게 신형을 뒤집어 오른발로 살수의 머리통을 잡목에다 강하게 밟아버렸다.

'퍽!' 소리와 함께 살수의 머리가 터졌다.

사홍은 그 반동을 이용해 신형을 날렸다.

비조처럼 야음을 날아가며 왼손에 부착된 귀궁노를 발사했다.

퍽! 퍽! 퍽!

세 발을 연사하여 고전하는 조원들을 도와준 후 눈앞에서 날아드는 암기를 허공에서 신형을 비트는 것으로 피했다.

쉬잇!

기다렸다는 듯 사홍의 얼굴을 파고드는 칼. 살수 하나가 나무를 박차고 사홍을 향해 쇄도했다.

쩌쩌쩡!

사홍이 두 자루의 기형도를 번개같이 움직여 막자 상대 역시 두 자루의 병기를 기쾌하게 휘둘러 사홍의 급소를 공략했다.

칼인지 쇠꼬챙이인지 모를 병기에 온통 검은 칠을 해놓아 공력을 실은 육안으로도 확인할 수가 없었다.

게다가 사홍을 몰아붙이는 솜씨가 무척 뛰어났다.

두 사람은 살벌한 격돌을 벌이며 지상으로 떨어졌다.

발이 먼저 땅에 닿은 건 키가 큰 살수였다.

발로 땅을 밀어내고 사홍을 향해 힘껏 밀어붙이는 살수. 뒤늦게 땅을 밟은 사홍이 신형을 뒤로 눕히며 살수의 파상공세를 위로 흘려보낸다.

하반신이 열렸다는 걸 직감한 살수가 오른 다리를 들어 무릎으로 사홍을 찍어 올렸다. 하나 늦었다. 사홍의 작은 체구가 빙글 재주를 넘으며 오른발이 살수의 아래턱을 차버렸다.

강한 충격에 일시간 정신이 혼미해진 살수.

사홍의 칼이 전광처럼 그어지고, 살수의 머리통이 떨어지기도 전에 사홍은 자리에서 사라지고 없었다.

한편 자신에게 가장 가까이에 있던 두 명의 살수를 처리한 임당한은 불현듯 신경을 자극한 살기를 놓치지 않았다.

'진짜배기다!'

암중에 숨어 있는 특급살수가 자신을 노리고 있다는 걸 알아차린 임당한은 능영보를 펼쳐 자리에서 벗어났다.

세 번 연거푸 능영보를 펼치며 허공으로 뛰어오름과 동시에 왼손에 쥔 암기를 그사이에 세 번 위치를 바꾼 상대를 향해 서슴없이 뿌렸다.

핏!

임당한은 어깨를 불로 지진 듯한 강렬함을 느끼며 자신이 펼칠 수 있는 가장 빠른 속도로 능영보를 펼쳤다.

어둠 속을 파헤치듯 다섯 번 연속해서 위치를 변화시키자 세찬 바람이 마구 일어나 흙먼지를 일으켰고, 어느 순간 일체의 소리가 사라지며 임당한 역시 완벽히 자취를 감추었다.

한쪽에서는 살수들과 흑영대 간의 접전이 계속 벌어지고 있었다.

'독이군.'

임당한은 손에 쥔 기형도를 천천히 움직여 어깨에 상처가 난 부위를 그었다.

뜨거운 피가 흘러내렸다. 시커멓게 죽은 피일 것이다.

임당한은 지혈을 하지 않고 내버려 두었다.

'자, 나는 이렇게 독을 제거했다. 넌 어떠냐?'

피 냄새 따위는 상관없다.

자신이 죽인 시체 옆에 바짝 엎드려 있으니까.

하지만 상대는 어떨까?

그가 숨어 있을 것으로 짐작되는 두 곳 중 어느 곳에도 시체는 없다. 게다가 바람은 이쪽으로 불고 있다.

애초 그것까지 염두에 두고 움직인 것이니, 걸려든 건 자신이 아니라 특급이라는 저 살수 놈이다.

임당한은 여유를 가지고 기다렸다.

아니나 다를까, 속으로 열을 세기도 전에 놈이 어둠을 박차고 튀어나왔다.

임당한은 엉뚱한 곳을 향해 쏟아지는 살수를 측면에서 기습했다.

살수가 뒤늦게 방향을 틀어보지만 소용없다.

임당한의 칼이 옆구리를 가르고 순식간에 심장을 찔러 버렸다.

"염왕사(閻王沙)……."

염왕사는 염왕의 모래라고 알려진 독 모래다. 살문이 아님에도 살문들이 경원시 하는 한 가문에서만 사용하는 특급의 살상 암기다.

"맞다. 염왕사다. 염왕사가 아니었어도 날 노린 순간부터 넌 죽을 목숨이었으니까 너무 억울해하지는 마라."

임당한이 칼을 뽑자 몇 번 휘청거리던 살수가 잡목을 한 손으로 잡고 버티더니 그 자리에 허물어졌다.

살수의 죽음을 확인한 임당한은 이제 막 싸움이 끝난 곳을 바라봤다.

그의 생각대로 흑영대의 일방적인 승리로 끝났다.

문제는 희생자였다.

"조장, 어떻게 됐어?"

"두 사람이 다쳤어요. 자상을 입은 사람도 몇 명 있지만 독만 제거하면 아무 문제가 없는데, 두 사람은 이삼 일은 쉬어야 할 것 같아요."

사홍이 가라앉은 목소리로 대답했다.

조원들이 다친 게 자신의 잘못이라 여기고 있음이 분명했다.

"능 조장이었다면 두 번의 호흡 정도는 더 참았을 거야. 하지만 능 조장이 처음 조장이 되었을 땐 지금의 너만큼 침착하지 못했다. 네가 그때의 능 조장처럼 굴었다면 조원 중 적어도 다섯 명은 당했을 거다. 그러니까 자책하지 마라. 실망할 시간이 있으면 앞으로 어떻게 할지를 생각해. 능 조장의 가장 큰 장점이 그거다. 뒤를 돌아보기보다는 앞을 생각한다는 거."

알아들은 것일까?

사홍이 고개를 끄덕인다.

임당한은 잠깐의 시간을 둔 후 물었다.

"조장, 이제 어떻게 할까?"

"대주님이 계시는 곳으로 복귀합니다. 꼬리가 또 있을지도 모르니 뒤는 임 선배가 맡아주십시오."

"그러지."

임당한이 고개를 끄덕이자 사홍은 응급처치가 끝난 조원들을 수습하여 이동할 것을 명했다.

흑영대 삼조가 물러가자 어둠이 더욱 음산함을 뿌렸다.

임당한은 일각을 더 머물다 조원들의 뒤를 따라 사라졌다.

그리고 다시 일각이 지나자 어둠을 밝히듯 새하얀 무복을 입은 여인이 홀연히 모습을 드러냈다.

바람 소리를 없애려는 듯 착 달라붙은 무복이라 몸의 굴곡이 고스란히 드러나 있어 분명 여인이라는 걸 알 수 있었다. 하나 얼굴은 확인할 수가 없었다. 새하얀 백색의 가면을 쓰고 있었기 때문이다.

새하얀 가면에는 아무런 그림도 없이 두 개의 눈구멍만 독사의 눈처럼 날카롭게 뚫려 있었다.

백면 여인은 어둠 속에 서서 주위를 물끄러미 살펴보았다.

마치 흑영대와 살수들 간의 격전을 하나하나 머릿속으로 재현하고 있는 듯 보였다.

그런데 갑자기 뒤를 돌아본 백면 여인의 신형이 소리 없이 허공으로 솟구쳤다.

그리고 잠시 후, 살수들이 나타났던 방향에서 시커먼 어둠이 몰려왔다.

어둠보다 더욱 진한 묵빛인 그들은 빠른 속도로 다가와 격전장을 눈앞에 두고 멈추더니 곱사등이 노인이 격전장 안으로 천천히 들어와 사방을 살피고 다녔다.

"암향(暗香) 삼십삼호가 보이지 않습니다."

암향은 암향총의 특급살수를 일컫는데, 암향총에는 오십여 명의 암향이 존재한다고 한다.

"당한 건가?"

임당한이 특급살수를 죽인 자리를 정확히 찾아낸 곱사등이 노인이 말하자 수장으로 여겨지는 삼십대 초반의 흑의 사내가 앞으로 나서며 물었다.

"이곳에서 당한 것 같은데, 피만 있고 시체가 보이지 않습니다. 찾아볼까요?"

"시체 따위는 찾아서 뭐하게? 됐고, 싸운 흔적이나 더 살펴봐."

"살펴볼 것도 없습니다."

"결론은?"

"거의 일방적으로 당했습니다."

"암향 삼십삼호와 일급살수 이십이 일방적으로 당해? 이 어둠 속에서? 흠… 역시 그들일까?"

"소인의 생각을 묻는 겁니까?"

"그래."

"싸운 흔적을 보면 일반적으로 알려진 흑영대 같지가 않습니다."

"그래?"

"예. 흑영대는 전장의 도살자 같은 무리입니다. 힘으로 부수고 뚫어버리죠. 한데 지금 이곳에서 벌어진 싸움은 살수들 간의 격전 같습니다. 은밀하고 기쾌한 암전이 벌어졌습니다."

"흠, 흑영대가 아니란 말이로군."

"흑영대가 맞습니다."

"뭐?"

"흑영대 내에 살수 못지않게 암전에 능한 조가 있다고 들었습니다. 제 추측이 틀리지 않다면 그들이 틀림없을 겁니다."

"흑영대도 아니고 흑영대의 일개 조한테 당했단 말이지?"

"숫자는 여덟에서 열둘 사이일 겁니다."

곱사등이 노인이 주변을 한 번 더 둘러보며 말했다.

흑의 사내의 얼굴이 더욱 일그러졌다,

못마땅한 것이다.

암향총의 살수가 암전을 벌여놓고도 절반밖에 안 되는 숫자에게 당했다고 하니 자존심이 구겨졌다.

"이번 판은 무효야. 다시 해야겠어."

"예?"

"암전을 다시 벌여야겠다고."

"예에?"

곱사등이 노인이 의아한 얼굴로 쳐다보는 가운데 흑의 사내는 뒤를 향해 명을 내렸다.

"돌아가서 암향 삼호와 사호를 포함해서 암향 열다섯 명을 지원해 달란다고 전해라."

흑의 사내의 명에 곱사등이 노인은 놀라는 표정을 지으며 빠르게 염두를 굴렸다.

암향 삼호와 사호가 포함된 열다섯 명의 암향과 여기에 있는 흑의 사내, 소총주까지 합치면 어지간한 문파쯤은 반 시진 내에 피바다로 만들어 버릴 수 있는 전력이다.

그러나 상대는 흑영대다.

흑수라가 포함된 흑영대를 상대하기엔… 아니다. 그렇지 않다. 소총주는 흑영대 내의 암전을 전담하는 조와 붙기를 바라고 있다.

열 명 안팎인 조와 다시 한 번 암전을 벌이기를 바라고 있다.

문제는 그 조에 흑수라가 합류하느냐겠지만.

"흑영대가 받아줄 리 만무합니다. 설사 받아준다 하더라도 흑수라는 누가 상대합니까?"

"받아주게끔 만드는 게 내 특기다. 그리고 흑수라는… 내가 상대한다."

"소총주!"

"암전이다, 암전! 그것도 함정을 파놓고 놈을 그리 불러낼 거다. 그런데도 놈을 쓰러뜨리지 못한다면 차라리 죽어야지."

"그야……."

"흑수라는 내가 알아서 할 테니까, 귀노가 따로 해줘야 할 일이 있어."

"뭡니까?"

"암향 둘을 붙여줄 테니까, 뒤에 있는 아이들과 흑영대를 암습해 버려. 어때, 할 수 있겠지?"

"흑수라만 없다면 해볼 만할 겁니다."

곱사등이 노인이 고개를 끄덕였다.

어둠 속의 암전이라면 흑영대가 두렵지 않은 암향총이었다.

"좋아. 알아들었으면 놈들이 간 방향이나 찾아."

"이쪽입니다."

곱사등이 노인은 흑영대가 사라진 방향을 정확히 가리켰다. 흑의 사내가 성큼 움직였다.

"가자. 흑수라가 어떤 얼굴을 하고 있는지 얼른 보고 싶다."

다소 흥분한 음색으로 내뱉던 흑의 사내가 돌연 신형을 비틀어 허공을 향해 오른손을 뿌렸다.

쒜— 액!

날카로운 소성이 야공을 꿰뚫었다.

하나 그뿐, 아무런 반응이 없었다.

"왜 그러십니까?"

"아닌가? 뭔가… 내가 잘못 본 모양이야. 됐으니까, 얼른 앞장이나 서."

흑의 사내가 다시 걸었다.

곱사등이 노인은 야공을 쳐다본 후 이내 흑의 사내의 앞 쪽으로 달려갔다.

그 뒤를 암향총의 일백이 넘는 숫자의 일급살수가 쫓아 빠르게 사라졌다.

그리고 반각이 지났다.

허공에서 백면 여인이 땅으로 내려섰다.

흑의 사내가 사라진 방향을 우두커니 서서 바라보던 백면 여인은 자신의 목을 매만졌다.

어둠 때문에 보이지 않지만, 실낱같은 생채기가 나 있었다.

흑의 사내가 발출한 암기가 남긴 상처였다.

피할 수도 있었지만, 그랬다가는 움직임이 커져 숨어 있는 것이 발각될 수도 있었다. 그래서 아주 살짝 머리만 움직여 암기를 흘려보냈던 것인데, 암기에 실린 암경이 상처를 만들어놓았다.

백면 여인은 주위를 살펴보았다.

하나 암향총의 무리가 밟고 지나간 터라 흑영대가 싸운 흔적을 읽을 수가 없었다.

백면 여인은 천천히 걸었다.

두어 걸음 걸은 것 같은데, 십여 장을 쑥쑥 미끄러져 갔다.

지독한 어둠이 이내 백면 여인의 신형을 삼켜 버렸다.

7장

내 친 걸음이라는 말이 있다고?

흑영대는 추영객잔의 별채에 묵고 있었다.

부상자도 있고 해서 의가에 머무르려고 했으나 싸움이 벌어지면 의가의 식솔들이 다칠 것이 우려되었고, 마침 객잔에 별채가 비어 있을 거라는 의원의 말을 듣고 객잔으로 달려가 통째로 빌리게 되었다.

원래 객잔 옆에 자리한 작은 장원을 구입하여 별채로 삼은 것이라 싸움이 벌어져도 객잔 사람들에게 피해를 줄 것 같지 않아 그야말로 안성맞춤이었다.

사홍이 이끄는 삼조가 복귀한 건 자정이 되기 전이었다.

도심 어귀에 흑영대가 남겨둔 표식을 보고 어렵지 않게 찾아왔다.

"꼬리를 자르느라 조금 늦었습니다."

"수고했어."

철혼의 반응은 간단했다.

마치 잔심부름처럼 간단한 일을 마치고 온 사람을 대하듯 했다.

사홍은 조금도 서운하지 않았다.

오히려 그렇게 대해줘서 고마웠다. 마치 대단한 일을 하고 온 사람 대하듯 한다면 그건 자신을 믿지 못한다는 뜻이기 때문이다.

'대주는 날 믿어주고 있어.'

사홍은 여기서 만족하지 않고 능인의 빈자리를 완벽히 메꾸기로 굳게 마음먹었다.

"지 조장과 상의해서 간략하게나마 지도를 그려보겠습니다."

"그렇게 해."

철혼이 승낙하자 사홍은 가볍게 포권한 뒤 물러갔다.

철혼은 사홍이 문을 닫고 나갈 때까지 가만히 바라보고만 있었다.

그러다 사홍이 문을 닫자 옅은 미소를 지었다.

"결의가 단단하군. 넘치지만 않는다면 능 조장 못지않게 성장할 수 있겠다."

능인이 늘 하던 말이 떠올랐다.

—사홍이 벽을 깨는 날이 오면 조장을 바꿔야 할 겁니다.

물론 조장을 바꿀 수는 없다.

조장 자리는 무공만 강해서는 안 된다. 조원들을 하나로 아울러 일사불란하게 인솔할 수 있어야 한다. 빠른 상황 판단력과 갑작스런 돌발 상황에도 유연하게 대처할 줄 하는 침착함이 있어야 한다.

철혼이 판단하기에 아직은 여러모로 부족하지만 가능성은 충분히 보여주고 있는 사홍이었다.

"사홍도 잘해주고 있고, 문제는 나로군."

자신이 군건해야 대원들이 믿고 따를 수 있는 힘이 생긴다.

자신이 버텨주어야 뒤돌아보지 않고 눈앞의 적을 쓸어버릴 수 있다.

자신이 강해야 지옥도 마다않고 기꺼이 뛰어들 수 있게 된다.

그래야 전장에서 죽어도 짧은 생일지언정 맘껏 날뛰어보았다고 웃으며 갈 수 있을 게다.

철혼은 허리를 곧추세우고 앉았다.

철궁왕의 무영시에 당한 상처가 욱신거렸지만, 개의치 않고 가슴을 활짝 폈다.

─언제 어디서나 당당해야 한다. 습관적으로 몸에 배어 있어야 흐트러진 모습을 보이지 않게 되고, 그래야 대원들이 불안해하지 않는다.

전임 대주의 가르침이다.

맞는 말이다.

이깟 상처 때문에 몸을 움츠릴 수는 없다.

철혼은 탁일도가 미리 구입해 준 흑의를 걸치며 밖으로 나갔다.

철그럭! 철그럭!

철혼이 움직일 때마다 흑수라의 강림을 알리는 소리가 어둠을 울렸다.

"왜 나오셨습니까? 우리가 못 미덥습니까?"

탁일도가 앞을 막으며 물었다.

여차하면 안으로 들여보낼 기색이다.

"탁 조장과 섭 조장이 하는 일인데, 어련히 잘할까."

지금 흑영대는 사흉과 삼조의 뒤를 추격하여 기습해 올 적들을 맞아줄 준비를 해놓고 있었다.

암전을 벌인다면 암향총의 살수들을 상대하는 게 여간 까다롭지 않겠지만, 지금처럼 함정을 파두고 기다린다면 다를 것이다.

저들에겐 이곳이 지옥이 될 수밖에 없다.

"그렇게 잘 알면서 왜 나오십니까? 어여 들어가서 쉬십시오."

"손님이 온 것 같아."

"예?"

"정문을 열라고 해."

밑도 끝도 없는 말이었지만, 탁일도는 묻지 않고 손짓을 하여 정문을 열라고 지시했다.

끼이이이익!

낡은 경첩이 울부짖으며 정문이 열렸다.

정문 너머엔 먹물처럼 지독한 어둠이 채워져 있었다.

탁일도는 어둠을 잡아먹을 듯 노려봤다. 여차하면 철곤들을 뽑아 들고 번개같이 뛰쳐나갈 준비를 했다.

그렇게 얼마나 지났을까?

어둠이 일렁였다.

터벅거리는 소리가 들려왔다.

그리고 잠시 후 정체를 알 수 없는 사람이 비척거리며 정문을 넘어왔다.

놀랍게도 양팔이 잘린 끔찍한 모습이었다.

"살, 살려주십시오."

철혼이 한걸음에 날듯이 달려가 두 팔이 어깨 근처에서부터 잘려 나간 중년인을 부축했다.

"무슨 일입니까?"

철혼은 빠르게 혈도를 눌러 출혈을 막으며 물었다.

중년인은 그런 철혼을 바라보며 간절한 얼굴로 애원했다.

"제발 살려주시오. 여기 있는 분들이 오지 않으면 우리 마을 사람이 전부 죽습니다. 제 딸들도 이렇게 만들어 버리겠다고……. 한 시진 전의 싸움은 무효니까 다시 싸워야 한다고 전하랍니다. 흑수라는 함께 와도 좋다고… 제발 살려주십시오. 양화촌입니다. 제발, 은공! 제발 우리 마을 사람들을 살려주십시오. 제 딸들 좀 살려주십시오."

중년인은 어떻게든 철혼을 붙잡고 애원하려고 했지만, 두 팔이 잘리고 없어 안타까운 몸부림만 보여주고 있었다.

"그렇게 하겠습니다. 그렇게 할 터이니, 의원으로 가서 치료를 받으십시오."

"은공, 소인은 괜찮습니다. 제발 제 딸년들 좀 살려주십시오."

"꼭 살려 드리겠습니다."

철혼은 그리 말하며 중년인의 수혈을 짚어 잠들게 했다.

"소귀!"

"예."

"이분을 빨리 의원으로 모셔 가!"

철혼의 명에 소귀가 중년인을 들쳐 업고 바람처럼 사라졌다.

"사홍!"

"예."

"삼조원들 전부 불러와."

"존명!"

사홍이 삼조원들을 부르러 사라지자 철혼은 정문 밖 어둠을 노려보았다.

"싸움을 하든 전쟁을 하든 정도라는 게 있다. 결코 넘지 말아야 할 선이라는 게 있는 법이다. 그 선을 넘게 되면 어찌 되는지 사지를 뽑아서라도 가르쳐 주마!"

철혼이 살기를 터뜨리며 사납게 으르렁거렸다.

＊　　　＊　　　＊

"흑수라의 살기가 엄청나구나!"

귀노라 불린 곱사등이 노인은 멀리에서도 확연히 느껴지는 철혼의 살기에 깜짝 놀랐다.

막연히 상상만 하던 흑수라의 강함이 생각보다 훨씬 더 무섭게 느껴졌다.

"총주님의 잠마둔(潛魔遁)을 팔성까지 익혔고, 좌우호법의 성명절학들도 구성 가까이 익혀낸 소총주님입니다. 백주에 싸운다면 모를까, 암전이라면 충분히 승산이 있습니다."

옆에서 암향육호가 조용히 읊조리듯 말했다.

귀노도 안다는 듯 고개를 끄덕였다.

그러나 그것만으로 안도하기엔 좀 전에 본 흑수라의 살기가 너무 섬뜩했다.

"흑수라는 소총주님께 맡겨두고 저놈들이나 해치우도록 하지요. 계획대로 저와 암향칠호가 흑영대 일조장과 이조장을 맡을 터이니, 귀노께서는 상황을 봐서 막히는 쪽에 도움을 주도록 하십시오."

흑영대 일조장과 이조장을 찾는 건 어렵지 않다.

체구가 커 곰 같은 놈이 이조장이고, 얼음처럼 차가운 기운을 물씬 풍기는 자가 일조장이라고 했다.

"그럼세."

귀노가 고개를 끄덕이자 암향육호는 고개를 돌려 암향칠호를 바라봤다.

검은 복면을 하고 있는 왜소한 체구의 여인이 고개를 끄덕였다.

암향총의 특급살수 중 일곱 번째 자리를 차지하고 있는 암향칠호였다.

"좋아. 지금 시작하지요."

암향육호가 먼저 움직였다.

어둠 속을 헤쳐 가는 암향육호의 모습은 북망산을 떠도는 유령 같았다.

객잔 별채의 담벼락에 당도할 때까지 일체의 소리조차 흘리지 않았다.

이십여 보 떨어진 옆에는 암향칠호가 어둠에 동화되어 있는 듯 없는 듯 담벼락을 넘어갈 준비를 했고, 두 사람의 뒤로 귀노와 백여 명의 일급살수가 대기하고 있었다.

암향육호는 잠시 담벼락 너머의 동정을 살폈다.

몇 군데에서 인기척이 느껴졌다. 하나 일상적인 것이라 자신들의 존재를 알아차린 건 아니었다.

암향육호는 귀노를 향해 손짓했다.

그러자 귀노가 양손을 좌우로 벌렸고, 그에 일급살수들이 좌우로 벌려 별채를 빙 둘러 에워쌌다.

모든 준비가 끝나자 암향육호는 다시 한 번 별채의 낌새를 살폈다.

조용했다.

'객청 입구에 두 개의 유등이 걸려 있지만, 오래된 것이라 불빛이 약하다. 나둬도 무방하지만, 그것마저 꺼버리면 완전한 어둠에 잠기게 될 거다. 그런 상황에서 암향침(暗香針)을 피한다는 건 어불성설이지. 흑영대는 이곳에서 끝이다!'

암향육호는 히죽 웃으며 두 손을 뻗어 담벼락에 돌출된 부분을 잡았다.

순간 그의 신형이 구렁이처럼 담벼락을 스윽 넘어갔다. 암향칠호 역시 같은 모습으로 담벼락을 넘었고 그와 동시에 귀노와 일급살수들이 담벼락 가까이 대기했다.

두 개의 유등이 꺼진 순간 일제히 담벼락을 넘어갈 것이다.

속전속결!

저들이 잠을 청하고 있을 야심한 시각을 기다리는 것보다 이렇듯 방심의 허를 찌를 때가 더 많은 피해를 입힐 수 있다.

하나 방심해서는 안 된다.

상대는 흑영대다.

일개 무력단으로 천하를 뒤흔들고 있는 자들이다.

귀노는 긴장의 끈을 늦추지 않은 채 유등이 꺼지길 기다렸다.

두 번의 호흡을 더 하자 기다리던 신호가 왔다. 두 개의 유등이 동시에 꺼진 것이다.

귀노는 땅을 박차고 허공으로 신형을 뽑아 올렸다. 일백여 명의 일급살수 역시 거의 동시에 신형을 뽑아 담벼락을 일시에 넘어가며 수중의 암향침을 마구 뿌렸다.

핏핏핏핏핏핏!

한여름에 퍼붓는 소나기처럼 무수한 숫자의 암향침이 별채의 건물 벽을 뚫었다.

처마 밑에 숨어 있는 암향육호와 암향칠호는 흑영대 일조장과 이조장이 튀어나오기를 기다렸다.

그런데 그 소란에도 누구도 튀어나오지 않았다.

일백여 명의 일급살수가 별채 앞마당으로 뛰어내리며 암향침을 다시 한 번 날려 보냈음에도 일절 반응이 없었다.

'함정?'

'걸려든 건 우리다! 양동작전을 눈치채고 있었던 거야!'

그 같은 생각이 스치는 순간 수십 개의 옷자락 펄럭이는 소리가 지붕 위에서 동시다발적으로 쏟아졌다.

"조심해라!"

귀노가 소리쳤으나 이미 늦었다.

칠십여 명의 흑영대가 위에서부터 벼락처럼 내려꽂혔다.

순식간에 혼전이 벌어졌다. 그리고 혼전에서는 가장 강하다고 알려진 흑영대였다.

암향육호는 이를 갈며 수중의 암향침을 날리려고 했다.

암향칠호 역시 처마 안쪽에 매달린 채 혼전을 벌이고 있는 무리 속에서 흑영대 일조장과 이조장을 찾으려고 했다.

가장 체구가 큰 곰 같은 놈과 얼음처럼 차가운 기운을 물씬 풍기는 자를 찾았다.

하나 보이지 않았다.

'어디냐? 지붕? 아니면……!'

불현듯 스쳐 가는 불안감.

암향육호가 전신을 굳힌 순간이었다.

쾅! 쾅!

별채의 벽이 터져 나가며 커다란 체구의 인영이 처마 안쪽에 매달려 있는 암향육호를 급습했다. 그와 동시에 암향칠호를 급습하는 인영도 있었다.

탁일도와 섭위문이었다.

반사적으로 암향침을 날린 암향육호는 탁일도가 휘두른 철곤에 맞아 마당으로 나가떨어졌고, 암향침을 날리지 않고 곧장 물러난 암향칠호는 섭위문의 급습을 피할 수는 있었으나 어떻게 보면 섭위문보다 더 무서운 하여령과 맞닥뜨리고 말았다.

"하여령! 내 이름이다."

죽어서도 잊지 말라는 듯 자신의 이름을 알려준 하여령은 염라사자보다 더 무섭게 몰아붙였다.

수중의 철곤들을 폭풍처럼 휘두르자 근접박투에 취약한 암향칠호는 이렇다 할 반격조차 제대로 하지 못하고 전신을 두들겨맞고 맥없이 쓰러졌다.

"흑영대… 정말 무섭구나."

귀노는 두려움이 엄습했다.

암향육호와 칠호가 일방적으로 당하는 광경에 놀라움을 금치 못했다.

"이들이 이 정도로 강하다면 흑수라는 대체 얼마나……!"

귀노가 뒷걸음질 치고 있을 때였다.

시커먼 인영 하나가 정문을 부술 듯 박차고 마당 안으로 뛰어들어왔다.

"이게 뭐야, 날 빼고 뭔 지랄들이야!"

두 팔이 잘린 중년인을 의가에 데려다 주고 온 소귀가 빽 소리를 지르더니 곧장 귀노를 덮쳤다.

"영감이 두목인 것 같으니까 나랑 붙어보자!"

땅을 박차고 단숨에 덮쳐오는 기세가 무척 위맹하여 귀노는 도망치지도 못하고 소귀와 싸워야 했다.

"생각보다 약하군."

싸움이 거의 끝나가는 모습을 보며 탁일도가 실망이라는 얼굴로 중얼거렸다.

섭위문 역시 동감이었다.

독이 묻었다 하나 침 따위로 흑영대를 상대할 생각을 하다니 이해할 수가 없었다.

"어쩌면 진짜들은 대주한테 갔겠지."

섭위문은 가라앉은 눈으로 담벼락 너머 어둠을 응시했다.

한편 철혼은 사홍이 이끄는 삼조와 함께 양화촌의 입구에 당도해 있었다.

"손속에 자비를 두지 마."

어둠이 깔린 양화촌을 응시하며 철혼이 차가운 음성으로 말했다.

"알겠습니다."

사홍이 대답했다.

사홍 역시 철혼 만큼이나 화가 나 있었다.

자신들을 꾀어내기 위해 죄 없는 사람의 양팔을 잘라 버린 건 도저히 용서할 수가 없었다.

철혼을 선두로 한 열 명은 천천히 마을 안으로 진입해 들어갔다.

철그럭! 철그럭!

흑수라의 강림을 알리는 쇳소리가 마을을 집어삼킨 어둠을 울렸다.

철혼은 전신의 감각을 개방하며 마을 안쪽으로 계속 걸어갔다.

그러는 사이 삼조원들이 한 명씩 자리를 이탈했다.

절정의 능영보를 펼쳐 어둠 속으로 스며들었다. 마을 곳곳에 숨어 있는 살수들을 사냥하기 위해서였다.

'다시 싸우겠다고? 암향총의 특급살수라는 암향들을 대거 동원했나 보지? 그런다고 달라질 것 같아? 당신들이 이곳에 있다는 걸 몰랐다면 모를까, 알고 있는 이상 열 명이든 백 명이든 이곳에서 모조리 죽어나갈 거야.'

사홍은 그 같은 생각을 하며 조용히 어둠 속으로 잠겨들었다.

삼조원들이 사홍을 끝으로 전부 사라졌다.

암향총의 살수를 모조리 죽여 버릴 때까지 나타나지 않을 것이다.

철혼은 계속 걸었다.

마을 안쪽에 수많은 기운이 느껴지는 곳으로 향했다. 두려움에 잠식당한 기운들, 아마 이곳 양화촌 사람들일 것이다. 지옥문 앞에 선 사람처럼 완전히 짓눌려 있다.

암향총이 무슨 짓을 했을지 능히 상상이 갔다.

'죽음이 네놈의 숨통을 서서히 죄는 공포를 죽을 때까지 맛보게 해주마.'

철혼은 살심이 극에 달한 상태였다.

무공 좀 한다고 죄 없는 양민들을 핍박하고, 사람 목숨을 파리 목숨 취급하는 놈들을 경멸했다.

그런 놈들은 자신이 한 짓을 그대로 겪어보아야 한다. 그래야 자신들이 무슨 짓을 했는지 일편이나마 알게 된다.

보보마다 살기를 짓씹으며 걷다 보니 마을 중심에 다다랐다.

반경 십 장도 안 되는 공간이 나왔고, 사람들은 거기에 모여 있었다.

불조차 밝혀놓지 않아 철혼이 다가오는 쇳소리에 숨조차 제대로 내쉬지 못하고 있었다.

철혼은 걸음을 멈추었다.

한쪽에 모여 있는 사람들을 쓱 훑어보았다.

무공이 여의경에 오르면 안력을 조절할 수 있게 된다. 하물며 절대의 경지에 발을 내디딘 철혼이다.

어둠 따위는 크게 문제가 되지 못했다.

삼십여 명의 남녀노소가 서로 부둥켜안고 있었다.

두려움에 짓눌린 상태로 시간이 가기만을 천지신명께 기도하고 있었다.

"나와!"

철혼이 말했다.

나직한 목소리에 마을 사람들이 움찔거렸다.

"나오지 않겠다면 끄집어내 주겠다."

철혼이 다시 말하자 화섭자에 불을 당기는 소리가 들리더니 횃불이 어둠을 밀어내고 장내의 광경을 보여주었다.

마을 사람들은 한곳에 모여 서 있었다.

사색이 된 얼굴로 두려움에 부들부들 떨고 있었다.

"별로 놀라지 않는군. 암흑 따위는 장애가 되지 못하는 모양이지?"

건들거리는 목소리와 함께 마을 사람들 틈에서 한 명의 청년이 걸어 나왔다.

암향총의 소총주였다.

철혼은 싸늘한 눈으로 소총주를 쏘아봤다.

그가 바로 자신을 이곳으로 불러낸 자였다. 자신을 불러내기 위해 죄 없는 사람의 두 팔을 잘라 버린 놈이다.

"진정하지. 손가락만 까딱해도 여기 있는 서른두 개의 목이 동시에 떨어지게 될 거야."

철혼의 눈에 살기가 휘몰아치자 소총주가 왼손을 들어 보였다.

눈에 보일 듯 말듯 아주 가느다란 무영사 서른두 가닥이 그의 손에 쥐어져 있었다. 그리고 무영사는 마을 사람들의 목을 빠짐없이 휘감고 있었다.

살짝만 잡아당겨도 마을 사람들의 목이 싹둑 잘리고 말 터였다.

"흑수라, 생각보다 멍청하군."

"……"

"넌 두 가지 실수를 저질렀다. 하나는 오란다고 이곳으로 온 것이다. 네놈이 이곳에 나타났다는 건 네놈의 마음속에 측은지심이 있다는 증거다. 그러니 네놈은 이 마을 사람들이 죽지 않도록 하기 위해 별짓을 다 해야 할 거다."

"또 하나는 뭐지?"

철혼은 물음을 던지며 횃불을 들고 있는 사람의 위치를 가늠했다.

암향이라는 암향총의 특급살수일 것이다.

"두 번째 실수는 내가 하라는 대로 할 거라는 거다. 어때, 내 말이 맞지?"

"틀렸다."

"아니, 틀리지 않았다. 넌 이곳에 나타난 순간부터 내가 시키는 대로 할 수밖에 없게 되었다."

"다시 말하지만 틀렸다."

"인정하지 않겠다고? 그럼 이 사람의 목을 잘라 버릴까?"

소총주가 무영사 한 가닥을 잡아당기자 배가 잔뜩 불러 있는 임산부의 목에 가느다란 혈선이 그어졌다.

"멈춰!"

철혼이 다급히 외쳤다.

그 모습에 소총주가 무영사를 늘어뜨리며 비릿하게 웃었다.

"봐, 내 말이 맞잖아?"

철혼은 조롱하는 소총주를 똑바로 바라보았다.

장난치듯 하는 놈의 모습에 더욱 화가 치밀었다.

"재밌나?"

"그래, 재밌다. 천하의 흑수라가 내 손안에 있다는 사실이 너무나 재밌다. 크크큭!"

"멍청한 애송이 놈!"

"뭐야?"

"네가 왜 애송이인지 지금부터 똑똑히 가르쳐 주마!"

철혼은 왼손을 천천히 들어 올려 한쪽에서 횃불을 들고 있는 암향총의 살수를 가리켰다.

"무슨 짓을 하려는 거냐? 멈추지 않으면 이년을 죽여 버리겠다."

"해봐."

"뭐?"

"죽여보라고. 그 사람이 죽으면 네놈의 사지를 뽑아버릴 테니까 할 용기가 있다면 해봐."

"호오! 나와 담력 싸움이라도 해보겠다는 거냐?"

"멍청한 놈!"

"닥쳐! 한 번만 더 지껄이면 이년의 목이 잘리는 광경을 보게될 거다."

"네 말대로 난 마을 사람 중 단 한 명도 다치기를 바라지 않는다."

"크큭! 이제야 인정하시는군."

"그래. 그건 맞다. 그런데 말이야, 네놈 역시 죽기를 바라지않는 사람이 있다."

"웃기지 마라. 난 모조리 죽어도 상관없다."

"아니, 너 역시 딱 한 사람만큼은 절대 죽기를 바라지 않을 거다."

"말장난하지 마라."

"말장난? 지금 네놈의 목숨에 대해 말하고 있는데, 그걸 말장난으로 치부하겠다는 거냐?"

"뭐?"

"너 역시 자신이 죽는 걸 바라지는 않겠지. 안 그래?"

"그걸 지금······."

"단 한 사람에게라도 해를 가한다면 네놈의 머리통을 뽑아버리겠다."

철혼의 으름장은 담담했다.

하지만 그래서 더 무섭게 느껴졌다. 어설프게 소리를 지르고 분노하지 않고 있으니 정말 그렇게 할 것 같은 분위기였다.

"이 상황에서 날 협박하는 것이냐!"

소총주는 이를 갈아붙였다. 하나 다른 행동을 하지는 못하였다.

그도 아는 것이다. 철혼이 자신보다 월등히 강하다는 걸.

그러나 이대로 물러나고 싶지가 않았다.

그건 지는 것이기 때문이다.

무공이 부족한 것도 짜증나는 일이거늘 주도권을 쥐고도 협박 따위에 물러나게 된다면 두고두고 비웃음거리가 되고 말 터였다.

"지금 날 업신여기고 있군."

"맞다. 널 멍청한 놈이라고 조롱하고 있다. 그게 싫다면 이렇게 멍청한 짓은 하지 말았어야지."

"너……!"

말을 잇지 못 하는 소총주의 기운이 차갑게 가라앉았다.

흑수라를 손에 넣었다는 흥분 따위는 더 이상 보이지 않았다.

"그래. 내 실수다. 다른 이들의 목숨으로 전장의 살귀라는 널 협박할 생각을 했다니, 참 멍청한 짓이었다."

"……"

"하지만 말이야. 내친걸음이라는 말이 있다. 이왕 이렇게 된 거 내 판단이 정말 틀린 것인지 시험해 보아야겠다."

담담하게 말하는 소총주의 얼굴이 무겁게 굳었다. 뭔가를 결정한 자의 얼굴이다.

철혼은 소총주의 얼굴을 직시하며 허리춤에서 철곤과 칼을 꺼내 결합했다.

소총주는 무슨 생각을 하는지 철혼이 두 자루의 철곤과 한 자루의 칼을 하나로 결합할 때까지 말없이 바라보기만 했다.

"그게 흑수라의 대도로군."

소총주가 담담히 중얼거렸다.

대도를 뒤로 늘어뜨린 철혼은 소총주를 응시했다.

무거운 침묵이 흘렀다.

그 속에 섬뜩한 긴장이 흘렀다.

"지금부터 이 여자의 목을 잘라 버릴 생각이다. 무공은 떨어질지언정 배포조차 지고 싶지는 않아서다. 날 벨 수 있다면 얼마든지 베어봐라. 사호! 흑수라가 날 베면 여기 있는 사람을 모조리 죽여 버려라!"

"존명!"

소총주가 임산부의 목을 휘감고 있는 무영사를 팽팽하게 잡아당기며 명을 내리자 횃불을 들고 있는 살수가 힘 있게 대답했다.

"좋아! 시작해 볼까!"

비릿하게 웃은 소총주가 두 눈에 살광을 번뜩이며 무영사를 잡아당겼다.

무영사가 팽팽해지며 임산부의 목에 혈선이 더욱 뚜렷해지며 이내 핏물이 흐르기 시작했다.

"살, 살려주세요!"

죽음에 대한 공포로 덜덜 떨던 임산부가 하얗게 질린 얼굴로 소리치다 철혼을 향해 한 걸음 움직였다. 그에 팽팽하던 무영사가 느슨해졌고, 임산부는 살길을 찾은 사람처럼 철혼을 향해 내달렸다.

부아악!

철혼의 대도가 공간을 쩍 갈라 버린 건 바로 그 순간이었다.

푸확!

공간이 갈라지자 그 안에 있던 사람조차 둘로 쪼개졌고, 붉은 피가 분수처럼 솟구쳤다.

그 잔혹한 광경에 인질이 되어 있는 마을 사람들이 사시나무 떨듯 떨어댔다.

"어, 어떻게……?"

당황한 얼굴로 중얼거린 이는 소총주였다.

불신의 빛이 가득한 얼굴로 철혼을 향해 묻고 있었다.

어떻게 임산부를 베어버릴 수 있느냐고!

그랬다. 철혼이 베어버린 이는 다름 아닌 임산부였다.

철혼은 입가를 비틀어 잔인하게 웃었다. 좀 전에 소총주가 보여주었던 그 비웃음이었다.

"대, 대체 어떻게……?"

소총주가 다시 물었다.

그는 정말 이해할 수 없다는 표정을 하고 있었다.

"살수라는 자들이 전부 모습을 드러내고 있다는 건 쉬이 납득이 되지 않는 일이지."

"그건 의문일 뿐이잖아!"

"그래, 의문일 뿐이었다. 하지만 마을 사람들이 내게 확신을 보여주었다."

"마을 사람들?"

"임산부의 목이 잘릴 판인데, 어느 누구도 반응하지 않더군. 그건 참 이상한 광경이었지."

지나가는 개가 죽어 나자빠져도 관심을 드러내고 안타까워하는 게 사람이다. 하물며 같은 마을의 임산부가 죽게 생겼는데 누구도 반응을 보이지 않는다는 건 확실히 이상한 일일 수밖에 없다.

소총주의 얼굴이 확 일그러졌다.

암향삼호를 임산부로 위장시켜 흑수라를 암습하겠다는 건 소총주의 계획이었다.

원래 여인인데다 수십 번의 살행을 완벽하게 마친 암향삼호이기에 이런 정도의 변신은 손쉽게 해냈다. 게다가 칠흑 같은 어둠 속에서 임산부가 가짜라는 걸 육안으로 식별해 낼 수는 없을 터. 그야말로 완벽한 계획이었다.

한데 어느 누구도 아닌 인질로 삼고 있던 마을 사람들 때문에 발각이 되다니, 참으로 기가 막힐 일이었다.

"이, 이익!"

소총주는 이를 갈아붙이며 수중의 무영사를 단숨에 잡아채고자 안간힘을 썼다.

그러나 그의 몸은 뜻대로 움직여주지 않았다.

강전이 어깨 관절에 틀어박혀 있었기 때문이다.

정말 생각지도 못한, 임산부를 일도로 갈라 버리는 철혼의 일격에 깜짝 놀라 당황한 사이에 아주 작은 크기의 강전 하나가 빛살처럼 날아와 어깨에 틀어박혀 버렸다.

철혼이 귀궁노를 쏜 것이다.

"모조리 죽여 버리겠다!"

소총주가 악을 쓰며 기어코 무영사를 잡아챘다.

하나 그건 그의 생각일 뿐이었다.

섬뢰보를 펼쳐 섬전처럼 자리를 이동한 철혼의 왼손이 그의 어깨를 움켜잡았다.

그와 동시에 달려드는 암향사호를 대도로 단숨에 베어버렸다.

"크으윽!"

신음을 터뜨리는 소총주.

모든 게 끝이었다.

무공만이 아닌 모든 부분에서 철혼이 그보다 앞섰다.

어쩌면 흑수라를 잡겠다고 나선 것부터가 그의 실수일지도 모른다.

그가 암향총주의 잠마둔을 팔성까지 익히고, 그에 필적하는 좌우호법의 성명절학들도 구성 가까이 익혀냈다 하더라도 결국은 미완성이었다.

여의경에조차 제대로 발을 디디지 못한 수준으로는 철혼의 상대가 될 수 없었다.

철혼은 공포에 질려 있는 소총주의 얼굴 가까이 자신의 얼굴을 들이밀며 나직이 소곤거렸다.

"악마를 건드릴 땐 자신이 어찌 될 것인지도 생각해 두어야 하는 법인데, 알고 있나?"

"……!"

흠칫하는 소총주.

순간 그의 팔이 어깨 부위에서부터 송두리째 뽑혀 버렸다.

"크아아악!"

"이곳으로 오기 전에 네놈의 사지를 뽑아버리겠다고 작심했다. 그러니까 더 참아봐."

무영사를 쥐고 있는 팔을 마을 사람들 쪽으로 던져 버린 철혼이 나직이 속삭였다.

염왕의 속삭임처럼 섬뜩한 공포가 소총주의 머릿속을 집어삼켜 버렸다.

"으, 으으으!"

공포에 사로잡혀 도망치려는 소총주.

철혼은 소총주의 정강이를 걷어차 뼈를 부러뜨려 버린 후 반대쪽 팔을 움켜잡아 단숨에 뽑아버렸다.

"끄아아아악!"

소총주의 비명이 어둠을 뒤흔들었다.

철혼은 부러진 다리를 질질 끌고 도망치려는 소총주의 멀쩡한 다리를 걷어차 버렸다.

뼈 부러지는 소리가 들리며 소총주가 그 자리에 고꾸라졌다.

"내친걸음이라는 말이 있다고? 좋아. 이왕 이렇게 된 거 애초 생각대로 사지를 모조리 뽑아버려야겠다."

철혼이 손을 뻗자 공포에 질린 소총주가 두 눈을 하얗게 까뒤집으며 그대로 혼절해 버렸다.

그러는 사이 어둠을 헤치고 속속들이 모습을 드러내는 이들이 있었다.

사홍을 위시한 삼조원들이었다.

암향총의 특급살수들이라지만, 이곳에 있다는 걸 몰랐다면 모를까 이미 알고 있는 상황이라면 살수들의 무공으로는 섬혼도와 능영보의 상대가 되지 못했다.

"마을 사람들을 풀어주고 당분간 이곳을 떠나 있으라고 해. 그리고 이놈을 암향총에 던져주고 와."

철혼은 사홍에게 명을 내리며 소총주의 다리를 덥석 붙잡아 단숨에 뽑아버렸다.

"끄아아아악!"

소총주가 숨넘어가는 비명을 지르다 다시 혼절했다.

8장

암향총과의 혈전

　양교초가 대전에 들어서자 태사의에 앉아 있는 숭검제 하후
천도가 보였다.

　양교초는 눈살을 찌푸리며 대전을 가로질러 하후천도 앞으로
다가갔다.

　하후천도는 양교초가 코앞으로 다가올 때까지 무겁게 침묵했
다.

　대전에 긴장감이 흘렀다.

　아니, 긴장하고 있는 건 양교초였다.

　하후천도는 태산처럼 무겁게 앉아 있을 뿐이었다.

　'구룡을 어떻게 알았을까? 혹시 밀첩부부주가?'

　완전히 자신의 사람이라고 여겼는데, 애초 자신의 사람이 될
수 없는 자일지도 모르겠다.

어디까지 말했을까?

그가 알고 있는 바를 다 말한 것일까?

다 알고 있다고 해서 문제 될 건 없다.

어차피 언제고 드러날 일이었고, 여기까지 온 마당에 출신 때문에 등을 돌릴 자는 없을 것이니까.

"천하영웅맹의 주인은 누구인지 늘 궁금했습니다."

"나다. 내가 주인이다. 또 궁금한 게 있느냐?"

"각부 요처의 수장들 앞에서도 그리 말씀하시지 그랬습니까?"

"못할 것 같으냐?"

"안 하시는 거라 믿겠습니다."

"네놈의 믿음 따위는 상관없다. 내가 하고 싶으면 하는 것이고, 할 필요가 없다 여겨지면 하지 않는 것이다."

"하면 맹주는 무얼 하는 사람입니까?"

"내가 시키는 일을 하는 사람이다."

"대단하군요."

"네놈이 묻고 싶은 건 다른 것이지 않느냐?"

"어디까지 알고 계십니까?"

"네놈이 수적 출신이라는 걸 알고 있다. 더 이상 뭐가 필요하겠느냐?"

"글쎄요, 그것만으로 절 협박하기엔 부족하다 여겨지는군요."

"네놈을 협박하는 덴 검 한 자루면 충분하다."

"호오! 죽일 수도 있다는 겁니까?"

"못할 것 같으냐?"

"당연히 못할 겁니다."

양교초는 어깨를 펴며 대답했다.

이곳이 천하영웅맹인 이상 원로원의 그 누구도 자신을 죽일 수 없다.

이제의 무공이라면 자신을 충분히 죽일 수 있겠지만, 실제 그렇게 할 수는 없다. 맹의 율법에 어긋나기 때문이다.

"장강의 쥐새끼가 감히 어디서 찍찍거린단 말이냐!"

하후천도가 차갑게 일갈하며 손을 뻗자 벽에 걸려 있는 장검이 검집에서 빠져나와 그의 손안으로 빨려왔다.

"그런 위협으로는 아무것도……!"

양교초가 대경실색했다.

하후천도가 손에 쥔 검을 자신을 향해 곧장 날려 보냈기 때문이다.

살기를 잔뜩 머금은 검광이 요사하게 번뜩였다.

'정말 죽이겠다는 거냐?'

양교초는 화급히 두 손을 뒤집어 공력을 폭발시키듯 뿜었다.

화— 악!

번천장(飜天掌)의 장공이 거세게 회오리쳐 날아오는 장검을 후려쳤다.

하나 '쾅!' 하는 굉음을 뚫어버린 장검이 양교초의 심장을 향해 곧장 날아들었다.

그 속도가 조금도 줄어들지 않아 양교초는 안색을 바꾸며 황급히 상체를 틀었다.

"큭!"

다행히 심장이 아닌 어깨에 틀어박혔다.

양교초는 눈을 부릅뜨며 하후천도를 쳐다봤다.

'번천장으로도 방향조차 틀지 못한단 말이냐!'

양교초는 절대라고 하는 초월경의 고수가 얼마나 강한지 뼈저리게 느꼈다.

"흑수라가 암향총을 노리고 있다. 알고 있느냐?"

하후천도가 물었다.

낮은 음성에도 내려다보는 자의 위엄이 가득했다.

양교초는 받아들일 수 없어 인상을 쓰며 대꾸했다.

"제가 말씀드렸잖습니까. 제가 흑수라를 처리할 테니 절 인정해……."

"닥쳐라! 감히 수적 따위가 본 맹의 맹주로 어울린다고 생각하느냐!"

"장강구룡방이 천하영웅맹과 뜻을 함께한 지 이미 오래입니다."

"틀렸다."

"예?"

"함께하는 게 아니라 네놈들이 노부의 지시를 따르는 것이다."

"……!"

양교초는 어깨를 부여잡은 채 하후천도를 노려봤다.

'대체 무슨 일이 있었기에 저 늙은이가 이토록 단단히 화가 났단 말이냐!'

암만 머리를 굴려 봐도 알 수가 없다.

이럴 땐 차라리 정면 돌파가 답이다.

"그래서 장강 출신이라는 이유로 죽이겠다 이겁니까? 그런 거라면 얼마든지 죽여보십시오. 절 따르는 사람들을 어찌 처리하는지 죽어서도 지켜보겠습니다."

"널 따르는 사람들? 우습구나. 내가 검을 뽑기로 작정했거늘 누가 감히 막는단 말이냐? 죽어서도 지켜보겠다고? 지켜본 후에 죽는 건 어떻겠느냐!"

"예?"

"들여보내라."

하후천도가 명을 내리자 대전 안쪽에 있는 작은 문이 열리더니 십여 명이 딱딱하게 굳은 얼굴로 들어왔다.

감찰부주와 밀첩부주를 위시하여 양교초를 따르는 각부 요처의 수장들이었다.

그들은 양교초의 어깨에 틀어박혀 있는 장검을 보고도 놀란 표정을 지을 뿐 가타부타 말이 없었다.

완전히 꼬리를 내린 개처럼 눈조차 감히 마주치지 못했다.

'어떻게 한 거지?'

양교초는 머릿속이 백지장처럼 하얘지는 것 같았다.

원로원이 전임맹주를 하야시키기 전에 한 것처럼 자신도 원로원을 고립무원의 처지로 만들려고 했는데, 지금의 상황을 보니 고립무원에 처한 건 자신들인 것 같다.

"이제 알겠느냐? 네놈이 제아무리 잔머리를 굴려봐야 내가 검을 뽑아버리면 그만이다."

계산 착오다.

양교초의 판단에 실수가 있었다.

이제와 원로들은 아무리 화가 나도 검을 뽑을 수 없을 거라 여겼는데, 아니다. 이들은 언제라도 검을 뽑을 수가 있다.

"다시 묻겠다. 흑수라가 암향총을 노리고 있다. 알고 있느냐?"

하후천도의 음성이 무겁게 울렸다.

양교초는 흔들리는 시선으로 그를 올려다보았다.

"알고 있습니다."

"흑수라의 관심을 딴 데로 돌려야 한다. 어떻게 하겠느냐?"

'흑수라의 관심을 돌려? 왜? 암향총에 뭐가 있기에?'

양교초가 의문을 품은 순간이다.

"정녕 죽고 싶은 것이냐! 어디서 감히 잔머리를 굴린단 말이냐!"

하후천도의 폭갈이 대전을 흔들었다.

그와 동시에 대전 안의 공기가 응축하듯 한곳으로 모여들어 양교초의 몸을 으스러뜨리려고 하였다.

"크윽!"

양교초는 전신이 터져 버릴 것 같은 엄청난 압력에 신음을 흘렸다.

'어찌……! 이토록… 크윽!'

숭검제는 그가 막연히 상상하던 것보다 배는 더 강했다.

번천장을 대성해도 상대나 할 수 있을지 자신할 수가 없을 정도였다.

"혹여 내 약점이라도 될까 싶으냐! 내 약점을 잡으면 네놈 뜻대로 할 수 있을 것 같더냐? 좋다, 알려주마. 암향총에는……."

이후로는 양교초의 귓가로 직접 들려왔다. 전음술을 펼친 것이다.

무엇을 알려준 것일까?

양교초의 눈이 커졌다.

그는 당황한 기색이 역력한 얼굴로 하후천도를 쳐다봤다.

"네놈에게 그 사실을 알려준 건 언제든 네놈을 죽일 수가 있기 때문이다. 여기 있는 네놈들 모두가 들고 일어나 목소리를 높여보아라. 민심이고 천심이고 모조리 긁어모아 한목소리로 성토해 보아라. 그때는 깡그리 피구덩이 속에 처박아 버리겠다."

하후천도가 살기 어린 엄포를 놓았다.

양교초는 본능적으로 알 수 있었다.

하후천도의 말은 단순한 위협이 아니라는 걸.

'이 사람에게 정(正)과 사(邪)의 구분은 무의미하다. 그가 가만히 있으면 정이고 검을 뽑으면 사가 된다. 이 사람은 이미 인간의 범주를 벗어난 거야.'

양교초는 머리를 숙였다.

"좋다. 알아들은 것 같으니 지금은 살려주마."

순간 양교초의 어깨에 박혀 있던 장검이 저절로 빠져나와 하후천도의 손으로 돌아갔다.

양교초는 혈도를 눌러 지혈하며 하후천도를 쳐다봤다.

"돌아가라. 가서 수단 방법을 가리지 말고 흑수라를 암향총에서 돌려놔라."

"예."

양교초는 순한 양처럼 대답하며 힘없이 돌아섰다.

그런 양교초의 뒤로 각부 요처의 수장들이 천천히 따라 대전 밖으로 사라졌다.

그 모습을 싸늘히 바라보는 하후천도.

잠시 후 양교초 등이 멀리 사라지자 밖을 향해 소리쳤다.

"밖에 있느냐?"

"하명하십시오!"

"사도천에 사람을 보내야겠다. 준비하거라."

"존명!"

이윽고 숭양검객 남조양의 기척이 조용히 사라졌다.

하후천도는 손에 쥐고 있던 장검을 던져 검집 속으로 집어넣으며 태사의에 몸을 묻었다.

"흑도를 쓸어내 돈줄을 막겠다? 우습군. 귀주와 광서를 사도천에 내주어도 그리할 수 있는지 보자."

하후천도의 눈빛이 조용히 잠겨들었다.

*   *   *

"암향총으로 쳐들어가기라도 할 줄 알았습니다."

탁일도가 보자마자 한 말이다.

철혼은 객잔을 나설 때 자신이 무척이나 격분하고 있었다는 걸 떠올렸다.

"앞뒤 안 가리고 날뛰는 수장을 두는 게 가장 피곤한 일이라고 하더군."

달조차 없는 밤하늘을 올려다보며 담담히 말을 받는 철혼의 모습은 바람 없는 호수처럼 가라앉아 있었다.

"맞는 말이긴 한데, 대주가 그 정도까지는 아닐 겁니다."

"내 얘기가 아닌데."

"예?"

"내가 이조원일 때 선배들이 한 말이야."

"지금 그 말씀은 그러니까 앞뒤 안 가리고 날뛰는 골치 아픈 수장이 저라는 겁니까?"

"내가 한 말이 아니라니까."

"누굽니까? 어떤 놈이……."

"그런 걸로 화를 내려고? 속 좁다는 말까지 듣고 싶은 모양이군."

"그게 아니라……."

"세상에 내 맘처럼 움직여 주는 사람이 어딨겠어? 수장이라 하더라도 맘에 안 들 때가 많을 텐데, 그럴 땐 동료들끼리 수장 뒷담화도 까고 그러는 것이지."

"그건 어디서 많이 들어본 말 같은데요?"

"이조장이 한 말일 걸."

"그치요?"

"그래. 그러니까 누가 이조장을 욕했는지 알려고 하지 마."

"쓰읍! 어째 무공만 강해진 게 아니라 헛바닥도 잘 돌아가는 것 같습니다."

탁일도가 입맛을 다시며 투덜거렸다.

패씸한 놈을 찾아 혼내주겠다는 생각 같은 건 애초 하지도 않았다. 그저 장난을 받아준 것에 불과했다.

탁일도는 철혼의 심리 상태가 안정적인 걸 확인하자 구레나룻을 벅벅 긁으며 어슬렁 멀어졌다.

"필요한 거 있으면 언제든 부르십시오."

"그러지."

탁일도가 물러가자 사조장 지장명이 얼굴을 내밀었다.

"사지를 뽑아 암향총에 던져주었다고 들었습니다."

"두 팔이 뽑힌 분은 어떻게 됐어?"

"소귀 말로는 의원이 죽지는 않을 것 같다고 했답니다."

"그놈도 죽지는 않을 거야."

"그놈 신분이 가볍지 않은 것 같습니다."

"암향총의 소주인이라도 돼?"

"특급살수가 꽤 동원되었습니다. 그 정도를 지휘하려면 꽤 비중 있는 신분일 텐데, 젊은 나이라고 했으니 그럴지도 모르겠습니다."

"반응이 제대로 나오겠군."

"예."

"강전은?"

"삼조가 살수대전을 치르는 데 귀궁노를 대거 사용했습니다. 그래서 충분치 않습니다."

"귀궁노는 삼조가 그대로 가지고 있으라고 해. 강전도 충분히 몰아주고."

"삼조를 전면에 내세울 생각입니까?"

"상대가 살수들이니 그게 낫겠지."

지장명이 고개를 끄덕였다.

그 역시 같은 생각이었다. 암향총의 살수들이 살문에서는 최강이라 인정받고 있지만, 그건 어둠 속에 숨어 있는 그들의 존재를 모를 때의 이야기다.

그들이 습격하러 온다는 걸 알고 있는 이상 같은 어둠 속에 은신하고 있는 삼조의 상대가 되지 못한다. 게다가 귀궁노라는 희대의 귀물까지 휴대하고 있으니.

"암향총에는 은퇴한 특급살수가 꽤 많다고 들었습니다."

"내 마음엔 방심 같은 게 존재하지 않아. 그리고 하늘이 어두워."

"예?"

"초저녁부터 어두웠었는데, 지금은 달조차 보이지 않아."

"그게 무슨……."

"비가 올 거야."

"예?"

"마을 사람들은 어디에 있어?"

"갈 곳이 없다고 해서 마을 안쪽에 있는 몇 채에 모여 있으라고 해두었습니다."

"거기만 지켜. 삼조보고 십 장 간격을 두고 그 집들을 완전히 둘러싸라고 해."

"대주님께서 상대하시겠다는 겁니까?"

"그래."

"대주님!"

"말했잖아. 비가 올 거라고."

"비가 오는 게… 아!"

지장명은 그제야 알아들었다.

비가 오면 철혼의 천뢰신공은 낙뢰가 된다. 낙뢰는 피아를 구분 못하니 대원들은 철혼의 곁에서 멀찍이 떨어져 있는 게 좋다.

"언제쯤 올까?"

"거리가 있으니 내일 아침일 겁니다. 밤과 아침이 교차하는 시각은 살수들에게 익숙한 시간대이기도 하니, 다른 이유가 존재하지 않는 이상 아침 해가 떠오르기 직전이 그들이 나타날 시각이지 싶습니다."

"알았어. 그때까지 푹 쉬라고 일조장에게 전해줘."

"예."

지장명이 물러갔다.

철혼은 주위를 둘러본 후 가까이에 있는 초가의 지붕 위로 훌쩍 몸을 날렸다.

사방을 감시하기에 적절한 곳이었다.

어둠이 고요하게 흐르는 시각.

철혼은 비 냄새를 맡으며 두 눈을 지그시 감았다.

시간은 많았고, 그동안 자신의 안을 들여다볼 생각이었다.

'천뢰와 패왕도는 아직 하나가 되지 못했어. 그리고 천뢰신공을 완전히 제어할 수 있어야 해.'

낙뢰처럼 사방을 때려 버리는 천뢰신공의 가닥가닥까지 완벽히 제어할 수 있다면 지금보다 훨씬 더 무서운 힘을 발휘할 것이다.

특히 대규모 접전이 벌어지는 난전에서는 적들에게 막대한 피해를 줄 수도 있을 것이니, 꼭 필요한 능력이다.

'모든 건 내 안에서 비롯되고 있으니, 거기에서 찾으면 돼.'

철혼은 천천히 천뢰신공을 운용하기 시작했다.

의념을 발동하자마자 하단전에 가득한 천뢰의 신공이 단숨에 뛰쳐나왔다. 원래 튀어나가려는 속성을 가진 놈이라 가둬두는 걸 싫어했다.

혈맥을 따라 전광같이 움직이는 신공으로 인해 온몸이 감전이라도 된 듯 저릿한 느낌이 들었다.

묘한 것은 이게 싫지 않다는 것이다.

전신의 신경을 자극하여 더욱 활력을 불어넣어 주니, 늘어졌던 육체에 생기가 넘쳐났다.

게다가 사지백해에 숨어 있는 잠력까지 건드려 격발시켜 주니 더할 나위 없이 좋았다.

문제는 이렇게 해서 강력해진 힘이 몸 외부로 튀어나갈 때는 뜻대로 제어가 안 된다는 것이다.

그래서 천뢰장을 만든 사람은 천뢰의 힘을 하나로 응축시켜 버렸다. 세세하게 제어하느니 힘을 하나로 응축하여 파괴력의 극대화를 꾀한 것이다.

나쁘지 않다.

실제로 어마어마한 파괴력을 자랑하고 있으니까.

모든 힘을 한 점으로 집중한다는 점에서는 패왕굉뢰도와 궤를 같이한다.

철혼이 천뢰장을 쉽사리 익힐 수 있었던 까닭이 여기에 있다.

아직은 천뢰의 신공과 패왕의 굉뢰도가 완전한 하나를 이루지 못했지만, 언제고 한 틀 안에서 상합하고 일치를 이루게 된다면 정말 가공할 파괴력을 과시할 수 있을 것이다.

그때는 이제를 직접 찾아가도 무방하리라.

하나 그건 그때의 일이고, 지금 철혼이 바라는 건 천뢰의 신공을 응축하는 게 아니라 세세하게 제어하는 것이었다.

천뢰장의 법을 통해 폭발적으로 쏟아지는 천뢰의 기운을 가닥가닥까지 제어하는 것.

지금 철혼이 고민하는 바였다.

팟스스스!

다섯 개의 손가락을 쫙 편 철혼의 좌수에서 시퍼런 뇌기가 쏟아졌다.

다섯 가닥으로 튀어나가던 뇌기는 한 자 정도 뻗어가다 제멋대로 분열하여 거미줄처럼 사방팔방으로 불꽃을 튀기다 금세 소멸하였다.

일성의 천뢰신공이었다.

천뢰장의 법을 통해 응축하지 않고 다섯 손가락을 통해 쏟아내 본 결과였다.

'제어할 수 있는 건 한 자까지라는 건가.'

한 자라면 짧은 거리다.

실전에서는 아무런 소용이 없다.

그러나 실망할 필요는 없다. 이제 시작이었고, 한 자일망정 제어가 된다는 사실을 알았으니까.

'다시 해보자.'

철혼은 일성의 천뢰신공을 다시 쏟아내며 다섯 가닥으로 나누어진 천뢰의 뇌기가 어떻게 움직이는지 관찰했다.

상대를 제어하기 위해서는 상대에 대해 소상히 파악해야 하는 법이니 천뢰의 뇌기가 가진 속성을 상세히 알고자 했다.

'시간은 충분하다. 조급할 필요는 없다. 시간이 갈수록 조급해지는 건 내가 아니라 그들이 될 거다.'

철혼은 이제를 떠올린 후 이내 머릿속의 상념을 지우고 다시 천뢰의 신공에 몰두했다.

적막하게 가라앉은 어둠.

고요하게 흐르는 시간 속에서 시퍼런 뇌기가 간간히 작렬하고 있었다.

*　　　*　　　*

"화탄은 내줄 수 없다고 합니다."

"환사(幻邪)께서는 뭐라고 합니까?"

"자리를 비울 수 없다고 합니다."

쾅!

화가 난 암향총주가 주먹으로 내려치자 서탁이 부서지며 굉음을 냈다.

"총주님, 제가 누차 말씀드렸지 않습니까. 그들을 믿어서는 안 된다고 말입니다."

"우호법, 지금 그걸 따져서 무얼 하자는 겐가?"

황의를 입은 노인이 한숨과 함께 말하자 흑의 노인이 언성을 높였다.

황의 노인은 살짝 머리를 조아리며 말했다.

"따지자는 게 아닙니다. 이제라도 그들과 거리를 두어야 한다는 겁니다."

"무슨 말인지 알겠네만, 천이가 목숨을 잃었는데 그게 다 무슨 소용이란 말인가?"

흑의 노인, 좌호법의 말에 황의 노인 우호법은 입을 다물었다.

그도 소총주의 죽음에 무척 상심하던 차였다.

"낭왕(狼王)도 마찬가지겠지요?"

암향총주가 들끓는 분노를 짓누르며 물었다.

우호법은 힘없이 고개를 끄덕이며 대답했다.

"예. 선택하셔야 합니다. 본 총의 힘만으로 놈을 죽일 것인지 아니면……."

"더 이상 말하지 말게. 본 총의 힘이면 충분히 죽일 수 있을 것이네."

좌호법이 단호히 말하자 우호법은 암향총주를 한 번 쳐다본 후 더 이상의 말을 삼갔다.

"암향일호!"

암향총주의 부름에 천장에서 시커먼 인영 하나가 소리 없이 나타났다.

"일각 후 화탄을 모조리 터뜨려 버려라."

"총주님!"

"……!"

암향총주가 내린 뜻밖의 명령에 좌호법과 우호법이 놀란 표정을 지었다.

암향총주는 주먹을 으스러져라 쥐었다.

"천이가 죽은 이상 그들의 꼭두각시놀음은 여기까지입니다. 본 천은 흑수라와 흑영대를 몰살시킨 후 세를 복원할 때까지 문을 닫을 것입니다."

"총주의 뜻대로 하십시오."

"알겠습니다."

좌우호법이 받아들이자 암향일호가 소리 없이 사라졌다.

자신들이 이곳을 나가자마자 화탄들이 일제히 터질 것이고, 이곳은 불바다가 될 것이다.

암향총주는 좌우호법과 함께 암향총의 본거지를 나섰다.

그가 걸음을 내디딜 때마다 어둠이 사방에서 몰려들었다. 일천에 달하는 암향총의 살수였다.

성시 외곽까지 빠져나온 암향총주는 손에 쥐고 있던 시커먼 복면을 뒤집어썼다. 그와 동시에 두 눈에 칠흑보다 더욱 진한 어둠이 물들었다.

잠마둔의 괴공이 발현되기 시작했다.

이때였다.

쾅! 쾅쾅쾅쾅쾅쾅쾅!

암향총주가 복면을 뒤집어쓰자마자 최초의 폭발이 일어나더니, 곧바로 시뻘건 불꽃을 일으키는 폭발이 순차적으로 일어나

도심을 집어삼켜 버렸다.

거대한 화마가 인세에 강림하여 인간들의 세상을 시뻘건 불기둥으로 불살라 버리는 것 같았다.

"흑수라, 네놈은 내일의 태양을 보지 못할 것이다!"

암향총주는 뒤도 돌아보지 않았다.

폭발할 것 같은 분노마저 차가운 살기로 짓눌러 버린 채 눈앞의 어둠을 향해 빠른 속도로 움직이기 시작했다.

그 뒤를 따라 좌우호법과 일천의 살수가 소리 없이 움직였다.

살문의 살공(殺功)은 무음(無音)이다.

아니, 무음이어야 한다.

쥐도 새도 모르게 상대를 암살하기 위해서는 소리를 내지 말아야 한다. 그래서 뛰어난 살수는 무음에 가깝다.

특급의 살수들이 여기에 해당한다.

그러나 움직인 이상 필연적으로 소리가 나게 마련이다.

절대 혹은 그에 준하는 고수들은 그런 소리를 놓치지 않는다.

그래서 특급살수들은 고수들을 죽이지 못한다.

소리 없이 상대를 죽일 수 있는 독공이 만들어진 건 그래서다.

하지만 독을 사용하는 자들 역시 무공이 뛰어난 고수들을 죽이지 못한다.

독을 사용하기 위해서는 고수들에게 접근해야 하는데, 고수들의 날카로운 눈썰미가 그들을 놓치지 않는다. 발견된 순간 목이 잘리는 건 살수들이다.

물론 일반적으로 그렇다는 것이다.

세상에는 예외가 비일비재한 법이라 일급에 불과한 살수가 고절한 무공의 고수를 암살한 경우도 상당히 많았다.

암향총주 역시 예외에 해당한다.

그가 일급 혹은 특급살수라는 건 아니다.

그의 무공이 살문의 일반적인 무공과는 궤를 달리한다는 뜻이다.

잠마둔!

암향총주의 살공이다.

하지만 잠마둔은 무음이 아니다. 무음에 가깝지도 않다. 귀신의 울부짖음이라는 귀성이 요란한 무공이 잠마둔이다. 원래 명칭이 귀명잠마둔(鬼鳴潛魔遁)인 건 그래서다.

잠마둔을 익힌 이는 상대를 소리 없이 죽이지 못한다. 그러나 사방팔방에서 동시에 울려대는 귀성 덕분에 소리의 근원지를 찾을 수가 없으니 결국엔 무음과 같은 효과를 낸다.

거기에 한 가지가 더 있다.

잠마둔은 형체를 드러내지 않는다. 마귀가 땅속으로 숨어들듯 흔적조차 남기지 않고 어둠 속으로 은신한다.

놀라운 건 절대에 가까운 고수들도 잠마둔의 은신술을 깨뜨리지 못한다는 것이다.

상대를 공격하기 위해서 병기를 어둠 밖으로 내놓기 전까지는 어디에 숨어 있는지 절대 알아차리지 못한다.

살공치고는 고도로 발달한 상승절예다.

왜 그럴까?

잠마둔은 원래 고수들을 살해하기 위해 만들어진 상승의 비결이었기 때문이다.

암향총주는 잠마둔을 극성으로 익혔다.

무림강호를 전전하며 산전수전 다 겪어본 노회한 고수가 아닌 이상 잠마둔을 깨뜨릴 수 없다고 자신했다.

일다경이 흘렀다.

암향총주가 걸음을 멈추고 어둠에 잠겨 있는 마을을 물끄러미 응시하고 있는 시간이다.

이곳까지 달려온 수하들의 숨통을 돌려주기 위한 시간이기도 했다.

암향총주에게서는 아무런 기운도 느껴지지 않았다.

이곳까지 오는 동안 살기조차 씻어냈다.

들끓던 살기를 깊은 바다의 심연 같은 마음속으로 가둬 버리고 무념무상의 상태로 마을을 응시하였다.

흑수라와 흑영대가 숨어 있는 곳이다.

고요하게 흐르는 정적 속에 흑수라와 흑영대가 어느 곳에 위치하고 있는지 직감으로 알아낼 수 있었다.

"조용합니다."

지나치게 조용한 건 자연스럽지 않은 현상이다.

사람이 관여했음이다.

"우리를 기다리고 있군."

암향총주의 입가가 벌어지며 흰 이가 드러났다.

비웃음이고, 자신감이다.

암향총을 오랫동안 이끌면서 나름대로 세상을 보는 눈이 생겼다.

흑수라와 흑영대는 강하다. 그건 분명한 사실이다. 그러나 그들에게는 명확한 한계가 있다.

사도천과 천하영웅맹이 흑수라와 흑영대에 본격적으로 손을 쓰지 않은 건 그래서다.

여기저기서 피바람을 일으켜 보지만, 사도천이나 천하영웅맹을 흔들기에는 역부족이고, 그렇게 피바람을 일으키다 보면 하나둘 떨어져 나갈 것이다.

일백이 조금 못 되는 숫자라고 했으니, 절반만 사라져도 끝이다.

그건 누구나 알고 있는 사실이다.

암향총도 알고 있다.

암향총은 사도천과 천하영웅맹의 완충 역할을 하고 있었다.

양쪽 다 손을 잡고 금광을 캐고 있었다. 막대한 양의 금광이었다.

금을 캐는 건 암향총이 맡았고, 귀양 전체를 차단하는 건 사도천과 천하영웅맹이 맡았다.

거기에 만금종가(萬金宗家)가 관여했다.

금광석에서 금을 추출하여 금자로 만들어 사도천과 천하영웅맹, 그리고 암향총에 분배했다.

물론 두 시진 전까지의 이야기다.

지금은 귀양이라는 도시가 존재조차 하지 않는다. 수십 개의 화탄을 터뜨려 화마가 도심을 집어삼켜 버렸다.

금광 역시 무너졌다.

사도천과 천하영웅맹이 암향총에 손을 내밀지 않은 대가다.

모든 걸 잃어버린 사람은 무슨 짓이든 할 수 있다는 걸 깨닫지 못한 저들의 어리석음이 초래한 대가다.

암향총주는 시간을 가늠해 보았다.

일각 후면 해가 뜰 터였다. 어둠과 밝음이 교차하기 직전이다.

놈에게 어둠의 끝만 허용할 생각이니 이제 시작할 시간이 되었다.

"살아 있는 모든 것을 죽여 버려라!"

명령이 떨어지자 어둠이 소리 없이 마을을 덮치기 시작했다.

일천에 달하는 암향총의 살수들이었다.

특급과 일급, 이급살수들이 뒤섞여 있지만, 그 숫자만으로도 능히 흑영대를 몰살시킬 수 있을 것이다.

"놈의 목을 자르는 건 제가 할 테니, 두 분께선 놈의 신경만 어지럽혀 주십시오."

"전력을 다하겠습니다. 노부의 구벽권(九劈拳)과 우호법의 도룡철편(屠龍鐵鞭)이라면 놈의 혼을 쏙 빼놓을 수 있을 것이니, 적당한 때에 놈의 목숨을 취하십시오."

간단한 포권으로 인사를 대신한 암향총주는 성큼 걸음을 내디뎠다.

순간 그의 신형이 어둠이 가득한 공간 속으로 빨려들듯 사라졌다.

잠마둔이 절정임을 알려주는 광경이었다.

"대단하다는 말밖에 할 말이 없군. 내 생애 또 볼 날이 있을지 모르겠어."

좌호법의 말에 우호법은 다시 볼 수 있을 거라고 말하려고 했다. 그런데 왠지 모를 불길함이 입을 다물게 했다.

'오늘 따라 어둠이 달리 보이니……'

"무슨 생각을 그리하는 겐가? 어서 가세."

"예."

두 사람은 어둠에 잠긴 마을 안으로 성큼 들어갔다.

'왔군!'

어둠 속에서 철혼이 눈을 번쩍 떴다.

육안으로 보이지 않지만 어둠이 밀려오고 있음을 알 수 있다.

'역시 속전속결이라는 건가? 숫자로 단숨에 밀어버리겠다는 뜻이겠지.'

암향총은 사조장 지장명의 예측대로 움직이고 있다.

'살수의 특기를 살린다고 해도 본 대의 상대가 되지 못한다는 걸 알았을 테니, 숫자로 밀어붙일 겁니다. 속전속결, 단 번에 마을 전체를 밀어버릴 생각으로 쳐들어올 겁니다. 염려가 되는 것은 그전에 화탄 같은 대량살상 무기를 사용하는 겁니다.'

'그건 내가 막아주지.'

철혼은 자리에서 일어났다.

몰려오는 속도를 보아하니 화탄 같은 건 사용하지 않을 것 같다. 그렇다면 저들의 예봉만 꺾어주면 나머지는 대원들이 알아서 할 것이다.

철혼은 양손을 늘어뜨린 채 밀려오고 있는 어둠을 응시했다.

살수들도 철혼의 존재를 감지했는지 좌우로 갈라졌다.

"제대로 될지 모르겠군."

한 차례 중얼거린 철혼이 오른손을 뻗었다.

천뢰의 신공이 새파란 불꽃을 튀기며 오른쪽 공간으로 뻗었다.

가느다란 일선.

허공에 새파란 일선이 그어졌다.

손에 무영사를 쥔 채 천뢰의 신공을 운용한 결과였다.

철혼의 오른쪽으로 지나치려던 암향총의 살수들은 눈앞에 새파란 일선이 나타나자 잔뜩 긴장하며 일부는 허공으로 신형을 날렸고, 일부는 지붕 아래로 뛰어내렸다.

"크악!"

"끄윽!"

지붕 아래로 뛰어내린 살수들이 비명을 쏟아냈다.

철혼이 미리 쳐놓은 무영사에 걸려든 것이다.

"속전속결이라는 건 상대가 방비할 틈을 주지 않는 것이지, 이렇듯 무작정 달려드는 것이 아니다."

복수심에 사로잡힌 자는 평정심이 흔들리는 법.

수장이 그런 상태라면 측근에서 바로 잡아주어야 한다. 그러나 암향총 같은 살수문파에서는 그런 것을 기대하기 어려울 터.

'암향총이 오늘 밤 내로 쳐들어온다면 상관없으나 그렇지 않다면 싸울 장소를 바꾸어야 합니다.'

지장명이 한 말이다.

철혼 역시 공감한 바라 암향총이 지금 쳐들어오지 않았다면 암향총의 본거지가 있는 귀양에 좀 더 가까운 숲에 함정을 팔 생각이었다.

철혼은 승리를 자신하며 오른손을 힘차게 휘둘렀다.

그러자 새파랗게 뇌기를 머금은 무영사가 어둠 속을 마구 요동치며 살수들을 덮쳤다.

"큭!"

"끄아아아악!"

살수들의 비명이 어둠을 뒤흔들었다.

팔다리가 잘려 나가고 몸통이 분리되는 이들이 속출했다. 어떤 이들은 뇌기에 감전된 듯 시커멓게 타버렸다.

짧은 연습 시간치고는 결과가 좋았다.

철혼은 왼손에 쥔 무영사에도 천뢰의 신공을 주입하며 세차게 흔들었다.

새파란 뇌기를 머금은 두 줄의 무영사가 철혼의 좌우 공간을 마구 휩쓸어 버렸다.

살수들은 지붕 아래로 내려가지 못하고 더 높이 허공으로 솟구치거나 더 멀리 우회하였다.

하나 경신술이 부족한 자들은 철혼이 휘두른 무영사에 걸려 여지없이 즉사를 당하고 말았다.

"이놈, 흑수라!"

천둥 같은 고함을 지르며 달려드는 자가 있었다.

좌호법이었다.

눈앞에서 살수들이 도륙을 당하는 광경에 칠공에서 연기가 날 정도로 화가 폭발한 좌호법은 지붕을 박차고 허공을 날아올라 득달같이 달려들었다.

철혼은 멧돼지처럼 달려드는 좌호법을 향해 씩 웃어 보인 후 극한의 속도를 자랑하는 섬뢰보를 펼쳤다.

하나 좌호법을 향해서가 아니었다.

자신을 우회하고 있는 좌측의 살수들을 향해서였다.

흑영대를 향해 범람하는 해일처럼 몰려가는 살수들의 측면으로 치고 들어간 철혼은 무영사를 던져 버리고 두 자루의 철곤을 휘둘렀다.

빠박! 빠바바바바바박!

분쇄곤이 무서운 속도로 살수들을 후려갈기기 시작했다. 머리고 몸통이고 가리지 않고 무작위로 두들겨 댔다.

철곤에 실린 천뢰의 신공이 어찌나 파괴적이었는지 맞는 순간 그 자리에서 고꾸라졌다.

"이놈! 도망치지 말고 노부의 철권을 받아라!"

좌호법이 고함을 지르며 달려들었다.

그러나 철혼은 살수들을 마구 휩쓸어가다 좌호법과의 간격이 좁혀지면 다시 섬뢰보를 펼쳐 반대편의 살수들을 휩쓸었다.

좌호법의 속도가 철혼이 펼치는 섬뢰보를 따라잡지 못하여 벌어진 일이었다.

철혼은 특히 강해 보이는 자를 놓치지 않고 죽여 버렸다.

그러나 좌호법은 혼자가 아니었다.

촤르르르르륵!

어둠을 가르는 쇳소리.

우호법의 철편이 철혼을 휘감으려고 들었다.

철혼은 철곤들을 휘둘러 막았다.

'따다다다당!' 하는 쇳소리가 연신 터졌다. 불꽃이 사방으로 튀는 가운데 철혼이 이맛살을 찌푸렸다.

철편은 장병이라 상당히 넓은 공간을 아우르고 있어 섬뢰보만으로 빠져나가기가 쉽지 않았다.

게다가 상대는 하나가 아니었다.

"쥐새끼 같은 놈!"

그사이 득달같이 쇄도한 좌호법이 분기를 터뜨리며 권격을 쏟아냈다.

한 번에 아홉 번의 주먹질을 한다는 구벽권이었다.

꽈과과과광!

굉음이 터졌다.

좌호법과 우호법의 얼굴이 무겁게 굳었다.

반면 철혼은 미간을 찌푸린 채 대원들을 향해 몰려가는 살수들을 바라보았다.

'절반쯤 줄여놓았어야 했는데……'

아쉬웠다.

삼백 정도 죽인 것 같으니 대략 육백에서 칠백 정도를 대원들이 상대해야 한다.

장병인 철편만 없었어도 일이백은 더 처리할 수 있었을 것인데, 그것이 못내 아쉬웠다.

'예상보다 숫자가 많긴 하나 지 조장의 계획대로만 된다면 저들은 흑영대의 무서움을 지옥에서나 토로하게 될 거다.'

철혼은 대원들에 대한 염려를 애써 털어내며 시선을 돌렸다.

성질이 폭발할 것 같은 좌호법과 차갑게 가라앉아 있는 우호법이 보였다.

대비되는 두 노인의 모습에 철혼은 퍼뜩 떠오른 생각이 있다.

'이들은 암향총주가 아니다. 그는… 그렇군. 결정적인 순간에 날 노리겠다는 것이군. 좋아. 생각보다 쉽게 끝낼 수 있겠어.'

철혼은 두 자루의 철곤을 칼과 결합하여 대도를 만들었다. 장병인 철편을 효율적으로 상대하기 위해서였다.

"역시 그놈이 대단한 신분이었던 모양이지요?"

"닥쳐라. 천이를 그렇게 잔인하게 죽이고도 네놈들이 살 수 있을 것 같으냐!"

"그놈은 날 유인하기 위해 아무런 상관도 없는 사람의 두 팔을 뽑았어. 어느 쪽이 더 잔인할까?"

"이놈! 뚫린 주둥이라고……."

좌호법이 격분을 터뜨리는 순간 철혼이 느닷없이 대도를 휘둘렀다.

부아아아악!

어둠을 가르는 일도에 좌호법이 흠칫하여 구벽권을 급히 펼쳤고, 우호법 역시 반사적으로 철편을 휘둘렀다.

그러나 패왕의 굉뢰도는 그렇게 쉽사리 막을 수 있는 게 아니었다.

"크윽!"

좌호법이 신음을 터뜨리며 밟고 선 지붕의 끝까지 휘청거리며 물러났고, 옆집의 지붕 위에서 철편을 휘두른 우호법 역시 안색이 급변하며 성큼 물러났다.

"조심하십시오!"

우호법이 고함을 지르며 철편을 휘둘렀다.

철혼이 지붕을 박차고 날아올라 좌호법을 덮쳐가는 광경을 본 것이다.

좌호법 역시 보았다.

허공으로 도약한 철혼이 자신을 향해 무시무시한 일도를 긋는 광경을.

'아홉 개의 주먹이 하나가 되니, 그야말로 일권무적이다!'

좌호법은 구벽권의 마지막 비기를 사력을 다해 펼쳤다.

하단전의 공력이 폭발하듯 내지른 권격을 통해 쏟아졌다.

콰앙!

굉음이 폭발했다.

좌호법은 자신의 가슴이 갈라지며 피분수가 뿜어지는 광경을 목도하며 뒤로 날아갔다.

'어찌 이리도 강할 수가 있단 말이냐!'

좌호법은 그 생각을 끝으로 십여 장 떨어진 초가집을 부수고 나뒹굴었다.

촤락!

철혼은 자신의 몸을 휘감으려 드는 철편을 왼손으로 덥석 움켜잡았다.

용의 역린처럼 역으로 날을 세우고 있는 철편이 살을 파고들었지만 조금도 개의치 않았다.

우호법은 철혼이 철편을 잡자마자 손을 찢어버리겠다는 듯 힘껏 잡아챘다.

바로 그 순간.

철혼이 쏟아낸 천뢰의 신공이 철편을 거슬러 와 우호법의 전신을 강타했다.

"헉!"

뇌기가 강타하자 우호법은 꼿꼿이 선 채 시커먼 연기를 피워 올렸다.

전신을 휘돌고 있는 내력 덕분에 일순간에 타버리는 건 면했지만, 신경과 근육이 단단하게 경직되어 버리는 건 면할 수가 없었다.

철혼은 한 걸음에 다가가며 대도를 뻗었다. 우호법의 심장을 단박에 찔러 버릴 심산이었다.

촤악!

갑자기 어둠이 갈라졌다.

초가집과 초가집 사이의 어둠 속에서 갑작스런 일격이 튀어 올라 왔다.

'암향총주!'

철혼은 암향총주라는 것을 직감하며 뻗었던 팔을 끌어당겼다.

9장

누가 쥐새끼인지 모르겠군

쩌어엉!

쇳소리만 요란했다.

암향총주는 어둠 속으로 종적을 감추어 버렸다.

"누가 쥐새끼인치 모르겠군."

좌호법에게 들었던 말을 암향총주에게 돌려준 철혼은 왼손에 쥔 철편을 단숨에 잡아당겼다.

꼿꼿이 굳어 있는 우호법이 낚시에 걸린 물고기마냥 팅기듯 끌려왔다.

철혼은 대도를 휘둘러 우호법의 목을 잘라 버렸다.

바로 그때였다.

푹!

우호법의 가슴에서 칼이 튀어나왔다.

철혼은 수중의 철편을 놓아버리며 우호법의 아랫배를 내차 그 반동으로 훌쩍 물러났다.

칼은 피했으나 암향총주는 놓쳤다.

그러나 실망할 필요는 없다. 근처에 있는 한 얼마든지 잡을 수 있다.

철혼은 온 신경을 집중했다.

수십 장 밖에서 물방울 떨어지는 소리까지 감지해 내는 청각으로 주위를 살폈다.

그때였다.

"끼이이이! 끼끼끼!"

무척 귀에 거슬리는 소리가 들려왔다. 북망산을 떠도는 원혼들이 내는 귀곡성 같았다.

문제는 그 소리 때문에 암향총주의 기척을 감지할 수 없게 되었다는 것이다.

철혼은 이맛살을 찌푸리며 방법을 찾았다.

하나 암향총주는 생각하는 것조차 방해하려는 모양이었다.

촤악!

갑자기 등 뒤의 어둠 속에서 칼이 튀어나왔다.

철혼은 반사적으로 돌아서며 대도를 그었다.

쩌엉!

쇳소리와 함께 칼이 튕겼다.

하나 암향총주의 모습은 보이지 않았다.

칼은 어둠 속으로 사라졌고, 귀곡성만이 사방에서 들려왔다.

촤악!

이번엔 발목을 자르려고 들었다.

철혼은 발을 들었다가 강하게 밟았다. 칼을 밟아 사라지지 못하게 막으려고 했다.

하지만 철혼의 의도를 간파한 것인지 칼은 재빨리 어둠 속으로 사라져 버렸다.

'일문의 수장은 아무나 하는 게 아니라는 건가?'

철혼은 암향총주를 쉽게 잡을 수 있을 거라는 자신의 생각이 우스웠다. 동시에 자신은 아직 멀었다는 생각이 들었다.

이때 대원들이 있는 곳에서는 화광이 충천한 가운데 한참 싸움이 진행 중이었다.

화광이 충천하여 대낮처럼 밝아진 데다 애초 계획대로 혼전이 벌어지고 있으니 살수들의 숫자 따위는 아무런 문제가 되지 못하고 있었다.

'좋아. 조급한 건 암향총주지 내가 아니다.'

철혼은 허리를 펴고 우뚝 섰다.

두 눈을 지그시 감고 전신의 감각을 활짝 열었다.

상대의 기척을 감지하려는 게 아니었다. 그렇게 보이도록 하려는 것이었다.

과연 그 생각이 통했는지 암향총주의 공격이 극도로 조심스러워졌다.

세 번의 습격이 있었지만, 철혼은 여유 있게 받아쳤다.

그리고 다시 두 번의 공격을 넘긴 후에야 가까스로 떠오른 것이 있었다.

"정말 놀라운 은신술입니다. 하나 이만 지옥으로 사라져 주어야겠습니다."

철혼은 대도를 강하게 움켜쥔 채 왼손을 뻗어 천뢰의 신공을 일순간에 쏟아냈다.

시퍼런 뇌기가 거미줄처럼 뻗어 나왔다.

그 가운데 일부가 한 곳으로 몰려가는 광경이 철혼의 두 눈에 걸렸다.

"헉!"

시퍼런 뇌기가 작렬한 어둠 속에서 다급히 헛바람을 들이켜는 소리가 들림과 동시에 철혼의 대도가 공간을 완전히 갈라 버렸다.

촤— 악!

핏줄기가 튀었다.

가슴이 쩍 갈라진 흑의인이 모습을 드러냈다.

완전한 어둠으로 분한 암향총주였다.

"어, 어떻게……."

잠마둔에 대한 자부심이 강했던 모양인지, 죽는 순간에도 어떻게 간파당한 것인지가 궁금한 모양이다.

"뇌기는 쇠붙이를 좋아하더군요."

철혼이 대답해주자 암향총주가 모로 기우뚱 쓰러지더니 이내 지붕 아래로 추락하였다.

가슴이 완전히 갈라졌으니 살아나지는 못할 것이다.

철혼은 뒤를 돌아봤다.

아직 대원들의 싸움은 끝나지 않았다. 실수의 숫자가 워낙 많았던 탓이다.

철혼은 지붕을 박차고 허공으로 솟구쳤다.

산봉우리 너머에서 붉은 태양이 떠오르고 있었다. 붉은 태양을 등지고 대도를 휘두르고 있는 철혼의 모습은 무척이나 비범하고 멋들어져 보였다.

암향총의 살수들이 물밀듯이 밀려오는 광경에 적잖이 긴장한 건 사실이다.

대주인 철혼이 상당한 숫자를 줄여주었음에도 기백이 몰려오고 있으니 긴장하지 않을 도리가 없었다.

"어차피 동시에 달려들 수 있는 숫자는 많아야 셋이다. 거기다 너보다 무공이 떨어지는 살수들이다. 계획대로 혼전이 벌어지면 암기를 던지는 것도 쉽지 않을 거야. 뭐, 던진다 하더라도 그에 대한 방비를 해놓았잖아. 안 그래?"

소귀가 히죽거리며 말했다.

유검평은 고개를 끄덕였다. 소귀 말대로 암기에 대한 나름의 대비까지 해두었으니 질 수가 없는 싸움이다.

그럼에도 입안이 바짝 마르는 건 어쩔 수가 없다. 생전 처음 상대해 보는 살수라서 그러는 것일지도 모르겠다.

그러나 싸움이 시작되자 긴장 같은 건 단숨에 날아가 버렸다. 갈비뼈를 다쳤기에 무리를 해서는 안 된다는 것도 잊어버렸다.

눈에는 온통 흑색 일색인 살수뿐이었다.

퍼버버버벙!

살수들은 다짜고짜 죽통을 격발시켰다. 우모침 같은 가는 암기들이 무수히 날아왔다. 물론 육안으로 보이는 건 아니다. 느껌상 그렇다는 것이다.

흑영대는 살수들이 암기를 발사함과 동시에 미리 준비해 두었던 나무판을 들어 올렸다.

두 개의 나무판을 하나로 겹쳐 묶은 것이기에 어지간한 암기로는 뚫을 수가 없었다.

터더더더더더덕!

암기들이 나무판에 빗발치듯 꽂혔다.

한참을 격발시켰으나 단 한 발의 암기도 만족스런 결과를 만들어내지 못했다.

살수들은 암기를 발사하는 것을 멈추고 애초 명령받은 대로 속전속결로 쇄도했다.

흑영대가 기다렸다는 듯이 살수들의 일선을 막아내자 갑자기 살수들의 한가운데를 가로지르는 불길이 확 일어났다.

유등에 사용하는 기름을 있는 대로 뿌려두었다가 불을 붙인 것이다.

갑작스런 화광에 살수들이 당황한 사이 숨어 있던 흑영대 삼조가 살수들의 한복판으로 뛰어들어 무자비하게 도륙하기 시작했다.

갈팡질팡! 우왕좌왕!

살수들의 진영이 급속도로 흔들렸다.

거기에 살수들의 일선을 막고 있던 흑영대가 저돌적으로 밀고 들어와 살수들의 진영 안으로 깊숙이 파고들었다.

완전한 혼전의 양상이 된 것이다.

혼전에 강한 흑영대는 물 만난 물고기처럼 마구 날뛰었다.

살수들이 와르르 무너졌다.

더러 암기를 날리는 살수들도 있었으나 흑영대가 피하거나 쳐내기 일쑤였다. 어쩌다 흑영대의 가슴에 암기가 틀어박히기도 했다. 하나 흑영대는 암기를 맞고도 결코 쓰러지지 않았다. 옷 안의 가슴에 나무판을 동여매 두었던 것이다.

죽일 수 없는 상대.

암기 따위는 맞아도 끄덕도 하지 않는 상대.

살수들에게 있어 흑영대는 그와 같이 무서운 상대였다.

투기가 꺾이고, 기세가 꺾이자 쓰러지는 숫자가 기하급수적으로 늘어났다.

그런 마당에 붉은 태양을 등지고 악마와 같은 흑수라가 나타나자 살수들은 혼비백산하여 사방으로 달아났다.

흑영대의 위기처럼 보였던 싸움은 그렇게 일방적인 결말을 맺었다.

"운이 좋았습니다. 아무도 다치지 않았습니다."

"운보다는 지 조장의 계책이 제대로 통했던 거겠지."

철혼이 어깨를 두들겨 주며 칭찬하자 지장명의 얼굴에 옅은 미소가 떠올랐다.

수하들은 수장의 칭찬에 힘이 나는 법이다.

지장명은 이번 싸움처럼만 된다면 사도천과도 자웅을 결할 수 있지 않을까 하는 터무니없는 생각을 했다.

물론 잠깐에 불과했다.

'아직은 무리겠지. 고수의 숫자에서 확연히 차이가 나니까.'

무리 정도가 아니다.

사도천의 전 전력과 격돌하면 흑영대는 반각 만에 몰살이다.

삼존과 남아 있는 칠사 중 한두 명 그리고 혈사대(血死隊) 정도만 나서도 살아남을 수가 없다.

천하영웅맹 역시 마찬가지다.

두 곳이 괜히 천하를 양분하고 있는 게 아니다.

흑영대가 이만큼 활보할 수 있는 건 두 곳이 서로를 견제하고 있기 때문이다.

'사도천과 천하영웅맹이 손을 잡을 리는 없으니 흑영대는……!'

지장명은 불현듯 오한이 들었다.

세상에 안 되는 건 없다.

인간이 하지 못할 짓이란 존재하지 않는다.

존속살해(尊屬殺害)조차 서슴지 않는 존재가 인간이거늘 정과 사라고 해서 손을 잡지 못할까?

'맙소사!'

지장명은 숨이 턱 막히는 느낌이었다.

자신들이 모르는 이면에 그런 상황이 펼쳐지고 있다면?

흑영대는 살얼음판 위를 걷고 있는 셈이다. 정과 사가 마음먹고 철퇴를 가하는 순간 끔찍한 일이 일어날 것이다.

말도 안 되는 억측이라 무시할 일이 아니다.

생각해 보면 사도천과의 싸움에는 이상한 일투성이였다.

권력다툼의 상대라는 이유로 천하영웅맹에서 가장 막강한 무력단을 통째로 사도천에게 던져주질 않나, 그토록 치열하게 격돌하다가도 어느 날 갑자기 싸움이 지지부진해지기도 했다. 조금만 더 공격하면 상대를 밀어낼 수 있는 상황임에도 피해가 막중하다는 이유로 전장을 고착시켜 버린 것이다.

사도천의 행보도 이상했다.

지금 흑영대처럼 천하에 퍼져 있는 십주들의 가문을 각개격파한다면 얼마든지 주도권을 쥘 수 있음에도 그렇게 하지 않았다.

'이상해. 정말 이상해!'

지장명은 고개를 저어가며 생각에 빠져들었다.

그 모습이 하도 심각해 보여 철혼은 지장명의 곁을 지키며 다른 대원들의 접근을 막았다.

일다경이 흐르자 지장명이 고개를 크게 저으며 철혼을 쳐다봤다.

철혼은 할 말이 있으면 해보라는 듯 가만히 기다려 주었다.

"어쩌면 말입니다."

그렇게 입을 연 지장명은 선뜻 말을 꺼내지 못했다.

자신의 판단에 대해 확신이 서지 않기 때문이다.

"뭔지는 모르나 어차피 해야 할 말이라면 빨리 하는 게 낫지 않을까?"

"어쩌면 사도천과 천하영웅맹이 손을 잡고 있는지도 모르겠습니다."

철혼의 말이 끝나자마자 빠르게 내뱉어 버린 지장명.

지장명은 철혼을 빤히 바라보며 반응을 기다렸다. 그러나 철혼은 조금도 놀라지 않았다. 생각 없는 사람처럼 물끄러미 바라

누가 쥐새끼인지 모르겠군 263

볼 뿐이었다.

'내가 빨리 말해서 제대로 듣지 못한 건가?'

지장명은 다시 말해야 하는지 고민했다.

하나 그럴 필요는 없었다.

"손을 잡고 있는 게 아니라 필요할 때는 그렇게 해왔어."

"예?"

"앞으로도 필요할 때는 그렇게 할 거야."

"……!"

"예를 들어 더 이상 본 대를 방치할 수 없다는 판단이 서면 손을 잡고 동시에 우릴 공격할 가능성도 있어."

계속된 철혼의 말에 지장명은 충격을 받았다.

정과 사는 물과 불이다.

화합할 수도 없고, 화합해서도 안 된다.

'인간이기에 그럴 수 있는 거지. 인간이니까……! 아니, 그게 아니라 대주는 어떻게 알고 있는 거지?'

지장명은 혼란한 머릿속을 어쩌지 못하고 멍청히 쳐다보기만 했다.

"정치라고 하더군. 이제를 비롯한 원로원이 하는 일이 정치라는 거야. 천하영웅맹의 정의에 목숨을 걸고 있는 수천, 수만 무인의 목숨을 가지고 그들은 사도천의 삼존과 정치를 하고 있다는 거야. 천하를 가질 수도 있지만, 그래서는 자신들의 입지가 유명무실해질 수도 있으니 서로의 존재를 인정해 가며 정치를 한다는 거라고 하더군."

"그걸 어떻게 아셨습니까?"

"공손 선생."

"아!"

지장명은 머릿속이 다 밝아지는 느낌이었다.

하나 그건 잠깐에 불과했다.

철혼이 그런 사실을 어떻게 알았는지를 알게 되었을 뿐, 앞으로 흑영대는 어떻게 해야 할지 머릿속이 더욱 복잡해졌다.

"지 조장한테 말하지 않아서 서운한가?"

"조금은 그렇습니다."

"대원들이 알게 되면 어떻게 반응할까?"

"그야……"

지장명은 분주하게 움직이며 살수들의 시체를 정리하고 있는 대원들을 둘러보았다.

저들이 혈로를 걷고 있는 건 천하가 사람이 사람답게 사는 세상이 되기를 바라는 마음에서다.

가진 자들이 지배하는 세상.

인간의 탐욕이 만들어 낸 약육강식의 세상.

가지지 못한 자는 끝없이 빼앗기고, 힘이 없는 자는 한없이 짓밟혀야 하는 세상.

그런 불공평하고 불합리한 세상을 부수기 위해서다.

가진 자들의 기득권을 부수고 세상의 부조리를 타파해야 인간의 도리와 시장의 원칙이 바로 서는 사람이 사람답게 살 수 있는 세상을 열 수가 있다.

흑영대는 그런 세상을 보기 위해 이토록 험한 혈로을 마다하지 않고 있다.

하나 거기엔 할 수 있다는 희망이 깔려 있어야 한다. 희망이 있기에 저토록 의기를 불태울 수 있는 것이다.

한데 천하영웅맹이 사도천과 손을 잡을 정도로 썩어 있다면?

두 곳이 마음만 먹으면 흑영대 정도는 언제라도 지워 버릴 수 있는 상황이라면?

희망은 절망이 되고 말 것이다.

지장명은 공손 선생이 철혼에게만 말해준 이유를 깨달았다. 그리고 철혼이 자신을 비롯한 대원들에게 이야기 하지 않은 이유도 같다는 걸 알았다.

문제는 차라리 모르고 있는 게 나았다는 것이다.

"절망스럽군요."

지장명의 표정이 급격히 어두워졌다.

철혼은 그런 지장명을 빤히 바라보다 무겁게 말했다.

"지 조장이 그렇게 말하니 정말 절망스럽군."

"예?"

"지 조장이라면 절망 속에서 희망을 찾아낼 수 있을 거라 여겼거든."

"저도 그랬으면 좋겠습니다만, 상황이⋯⋯."

"상황이 왜? 뭐가 달라지기라도 했나?"

"⋯⋯!"

"변한 건 아무것도 없어."

"그렇지가⋯⋯."

"정치를 하고 있는 사람들이 누군가?"

"사도천과 천하영웅맹이⋯⋯."

"그럼 정치를 하지 않고 있는 사람들은 누군가?"

"예? 그게 무슨……!"

지장명은 철퇴로 머리를 한 대 맞은 것 같았다.

'정치를 하지 않고 있는 사람들은 정치를 하는 사람들을 제외한 전부다. 천하영웅맹이 정치를 하는 게 아니라 십주와 원로원만이 그따위 더러운 정치를 하고 있는 거다.'

달라지는 건 없다는 철혼의 말이 이해가 되었다.

사도천과 손을 잡아도 대놓고 잡을 수는 없다는 말이다.

다시 말해 양측이 동시에 공격할 수는 없다. 대신 연달아 공격을 할 수는 있다.

"저들의 의표를 찌르도록 움직여야겠군요?"

"맞아. 지 조장이 생각해 내야 할 일이기도 하지."

철혼이 웃었다.

마치 약 올리는 사람처럼 웃고 있다.

지장명은 싫지 않았다.

희망이 사라지지 않아 기뻤다. 물론 더욱 근심이 되고 염려가 되기는 했다.

"우선 삼조와 귀양에 가서 상황을 살펴보고 오겠습니다."

귀양은 암향총의 본거지다.

하나 암향총은 이곳에서 몰살에 가까운 타격을 입었다. 하면 지금 귀양은 무주공산(無主空山)이어야 맞다.

지장명과 철혼은 그렇지 않을 거라고 생각했다.

암향총의 배후가 적인구양세가라는 말이 어느 정도 신빙성이 있었기 때문이다.

'어쩌면 사도천의 누군가가 있을지도 모를 일이고.'

지장명은 틀림없이 그럴 거라 여겼다.

가서 두 눈으로 확인해 보면 명확하게 알 수 있을 것이다.

'어쩌면 대주도 그걸 확인하고 싶었던 것일지도 모르겠군.'

굳이 암향총을 먼저 치자고 한 건 대주였다.

처음엔 의아했었는데, 이제는 알 것 같다.

"다녀와. 혹여 강전을 구할 수 있으면 자금이 되는 만큼 구해 오도록 하고."

귀궁노로 발사하는 강전이 바닥났다.

귀궁노가 있음으로 해서 흑영대의 전력이 배가된다는 걸 몇 차례의 실전에서 똑똑히 확인했으니, 최대한 활용해야 한다.

"알겠습니다."

지장명이 물러갔다.

살수들의 시체를 모으고 있는 사홍을 불러 삼조와 사조원들을 불러 모으더니 마을 밖으로 빠르게 사라졌다.

철혼은 그 광경을 본 후 등을 돌렸다.

가장 하고 싶지 않은 일을 해야 할 시간이었다.

'정말 미안한 일이군.'

마을 사람들에게 사죄하고 얼마 안 되는 금액이나마 전해줄 생각이다.

"너무 미안해할 필요는 없습니다. 우리 의도와는 아무 상관 없이 벌어진 일이었고……."

섭위문이 따라붙으며 냉정하게 말했다.

철혼은 안다는 듯 고개를 끄덕였다.

"알아. 하지만 미안한 것도 사실이야."

더 이상의 말은 없다.

미안하면 미안해하면 되는 것이다. 사죄할 일이 있다면 사죄하면 되는 것이지 이것저것 따지고 변명할 필요는 없다.

철혼은 무슨 말을 어떻게 꺼낼지 생각하며 마을 사람들이 모여 있는 곳으로 향했다.

*　　　*　　　*

지장명이 이끄는 사조와 사홍이 이끄는 삼조가 귀양에 도착한 건 태양이 높이 뜬 시각이다.

그들은 자신들의 눈을 의심해야 했다.

흡사 유성이라도 떨어진 듯 도심이 쑥대밭이 되어 있었기 때문이다.

수십 채의 건물이 불탔는데, 화탄이 폭발한 때문인 듯 여기저기 폭발한 흔적이 보였다.

망연자실한 귀양 사람들 틈에서 간밤에 폭음이 여러 차례 들렸다는 말을 귀동냥할 수 있었다.

"어쩌면 암향총의 짓일지도 모르겠군."

"암향총이 왜요?"

묻는 사홍의 표정이 진지했다.

지장명은 사홍의 변화된 모습이 기꺼웠다.

자리가 사람을 만든다더니, 늘 뒤쪽에 숨어 있던 사홍이 임시나마 조장 자리를 맡더니 적극적으로 변하고 있었다.

"정확한 이유는 모르겠어. 다만 그런 느낌이 들 뿐이야. 어쩌면 본 대와의 결전에 부담을 느꼈는지도 모르겠고. 그것도 아니면 이곳을 날려 버린 화탄을 이용하지 못한 것 때문일 수도 있겠고."

"자신들의 화탄을 이용하지 못할 수도 있습니까?"

"이용할 수 있었다면 우리한테 사용했겠지."

"아!"

"뭔가 감추고 싶은 게 있어서 한꺼번에 날려 버린 것일 수도 있으니 가능성은 열어두는 게 좋아. 그리고 지금 우리한테 중요한 건 귀양으로 올 필요가 없게 되었다는 거야."

"이대로 돌아가는 겁니까?"

"그럼 뭐 건질 거라도 있을까?"

"그거야 찾아봐야지요."

"그럴 시간이… 잠깐만 여기서 기다려 주게."

지장명이 갑자기 대화를 끊고 한쪽으로 향했다.

사홍은 의아한 표정을 지으며 지장명의 뒤를 지켜봤다.

지장명은 반쯤 부서지고 여기저기 구멍이 숭숭 뚫려 버린 담벼락을 돌아갔다.

"……!"

사홍은 눈을 크게 떴다.

담벼락에 뚫려 있는 구멍을 통해 지장명이 만나고 있는 사람의 얼굴이 살짝 보였기 때문이다.

분명 아는 얼굴이었다.

'저 사람이 어떻게……?'

의문이 들었다.

자신이 본 걸 대주에게 보고해야 하는지 당황스러웠다.

잠깐 혼란스러워하는 사이에 지장명이 화급한 모습으로 돌아왔다.

"돌아가자."

"방금 그 사람은……?"

사홍은 말꼬리를 흐렸다.

"봤나?"

"예."

"대주님께 말하지 말게."

"지 조장님."

"어떻게든 합류할 사람들이야. 때가 되면 내가 보고할 테니 그냥 모른 척하도록 해."

사홍은 이맛살을 찌푸렸다.

그 어떤 이유가 되어도 대주에게 감춘다는 건 그녀의 사고로는 받아들일 수가 없는 것이었다.

"보고를……."

"천하영웅맹을 나선 무리가 대거 광동성을 향해 남하하고 있다는데, 그게 무슨 뜻일 것 같아?"

"예?"

"그렇게 놀라고 있을 시간도 없다는 뜻이야. 얼른 서둘러!"

지장명이 앞서 달려갔다.

사홍은 얼떨결에 달려가다 사태의 심각성을 깨닫고 달리는 속도를 배가시켰다.

후두두두둑!

비가 내리기 시작했다.

철혼의 판단대로라면 간밤에 내렸어야 할 비였다.

＊　　　＊　　　＊

광동성 광주 십전철가.

문을 닫은 지 석 달이 넘었다.

그럼에도 하루 종일 쉬지 않고 망치질 소리가 들렸다.

오늘도 어김없이 해가 뜨기 직전부터 시작하더니 해가 충천할 때까지 그치질 않았다.

도대체 무엇을 만드는 것인지, 소리도 제각각이었다.

어떨 때는 천둥처럼 강렬했고, 어떤 때는 얇은 철판을 두드리는 것처럼 경쾌했다. 그리고 어떨 때는 찢어지는 듯한 쇳소리가 터져 나오기도 했다.

정오가 훌쩍 넘어갔다.

점심을 드는지 소리가 그쳤다.

흑의 무복에 묵빛의 철립을 쓴 여인이 십전철가의 정문을 두들긴 건 바로 이때였다.

너무 요란하지 않은 정도로 몇 차례 두들기고 잠시 기다리고 있자니 안에서 인기척이 나고 묵직한 사내의 목소리가 들렸다.

"누구시오?"

"철혼이라는 분의 일로 가주님을 뵙고자 이리 찾아왔습니다."

흑의 여인이 정중한 음성으로 대답했다.

그러자 철가의 정문이 활짝 열렸다.

몇 달 전 철혼을 맞았던 장한이 그때처럼 웃통을 벗은 모습을 하고 있었다.

흑의 여인이 모로 돌아섰다.

그러나 청년은 개의치 않고 말했다.

"불을 가까이 하는 놈이라 그러니 이해하시오."

"괜찮습니다. 그것보다 가주님을 뵙고 싶은데, 안내해 주실 수 있겠습니까?"

흑의 여인이 물었다.

청년은 흑의 여인이 하고 있는 복장이 흑영대의 복장과 같다는 사실에 옆으로 비켜섰다.

"흑영대인 모양이지요? 어서 들어오시오."

"감사합니다."

흑의 여인이 들어서자 청년은 문을 닫고 흑의 여인을 철방을 향해 안내했다.

"가주님께서는 마침 식사 중이라 잠시 쉬는 중이오. 식사는 하셨소?"

"예."

"그랬소? 안 드셨다면 함께 드셔도 되는데… 근데 형님과는 어떤 사이요? 수하인 거요?"

"형님이라면?"

"철혼 형님이지 누구겠소?"

"아, 예."

"근데 그때는 못 뵈었던 것 같은데……?"

"……."

"아, 수십 명 중 일부만 왔다고 했었지. 이곳에서 일하다 보니 내 머리가 쇠가 되어버린 모양이오. 다 왔소. 가주님!"

혼자 떠들어대더니 햇빛을 차단하기 위해 드리워져 있는 발을 들어 올렸다.

흑의 여인은 제법 어두워 보이는 철방 안으로 성큼 들어갔다.

밖에서 볼 때는 어두워 보였는데, 막상 안으로 들어가자 화로의 붉은 불빛이 은은해서 제법 밝았다.

"거기 멈추시오."

묵직한 중년인의 목소리가 들리자 흑의 여인은 걸음을 멈췄다.

"흑영대원이랍니다."

청년이 경계할 필요가 없다는 듯 말했다.

그러나 쇠로 만들어진 길쭉한 통을 들고 나온 중년인은 경계의 빛을 지우지 않았다.

"이 안에는 오십 개의 쇠구슬이 들어 있소. 조금이라도 수상쩍은 행동을 한다면 그걸 모조리 피하거나 막아야 하는 일이 벌어질 거요."

"그럴 일은 없을 겁니다."

"좋소. 이제 날 찾아온 이유를 들어봅시다. 물론 그전에 그쪽이 누구인지 부터 알아야겠소."

"전… 흑영대원이 되고자 하는 사람입니다."

순간 중년인의 눈이 가늘어졌다.

"흑영대원이 아니라는 말이군."

"어?"

중년인의 말에 청년이 멍청한 표정을 짓더니 이내 중년인의 곁으로 도망치듯 이동했다.

"그쪽이 흑영대가 아니라는 건 처음부터 알아보았소. 하니 그쪽의 진짜 정체가 뭔지 들어보도록 합시다. 이래 봬도 나름 장사를 하던 사람이라 눈치라는 게 있소. 섣불리 거짓을 입에 올렸다간 이놈이 얼마나 무서운 흉기인지 톡톡히 맛을 보게 될 것이오."

중년인, 철중양이 한 걸음 나서며 단호하게 말했다. 그런데 살집이 넉넉하던 모습은 어딜 가고 탄탄한 근육과 강인한 사내의 고집이 엿보이는 모습을 하고 있었다.

"제가 그리 부족해 보입니까?"

"그건 무슨 말이오?"

"제가 흑영대가 아니라는 걸 한눈에 알아보았다고 하셨잖습니까."

"철혼이 떠나기 전에 말하길 만일 자신이 사람을 보낼 일이 있다면 그 사람은 내 앞에서 철립을 벗고 무슨 행동을 할 거라고 했소."

철중양의 말이 끝나자 흑의 여인은 자신의 철립을 벗었다.

그러자 아직은 앳되어 보이는 얼굴이 나타났다.

놀랍게도 흑의 여인의 정체는 궁초아였다.

와룡부 소속 신입 흑영대 궁초아, 바로 그녀였다. 철혼을 비롯한 흑영대와 헤어질 때보다 훨씬 더 살이 빠진 모습이었다.

"궁초아라고 합니다. 전 흑영대이면서 아직 흑영대가 되지 못한 사람입니다. 흑영대는 원래 천하영웅맹 소속으로……."

궁초아는 자신의 정체에 대해 말하기 위해 천하영웅맹과 맹주 그리고 와룡부에 대해 설명했다.

하나 철중양은 다 듣고도 고개를 저었다.

"도통 무슨 말을 하는지 모르겠소. 하지만 적어도 한 가지는 알겠소."

"그게 무엇입니까?"

"철혼, 그 아이의 적은 아닌 것 같소. 좋소. 날 찾아온 이유가 무엇이오?"

철중양은 흑의 여인을 겨누고 있던 쇠통을 내렸다.

비폭총(飛爆銃)이라 명명한 대량 살상무기였다.

*　　　*　　　*

일천에 달하는 무리가 광동성 광주(廣州)로 접근하고 있었다.

천하영웅맹이라는 다섯 글자가 뚜렷이 박힌 깃발이 보였다.

현 천하영웅맹주인 양교초를 비롯한 그의 핵심 세력들이었다.

감찰부주를 비롯한 감찰부 소속 삼백에 집법부주와 집법부 소속 오백 그리고 밀첩부주와 그의 손발인 일백가량의 첩영이었다.

"이번 일을 깔끔하게 처리하지 못하면 돌아가도 설 자리가 없을 것입니다."

감찰부주가 무거운 음성으로 말했다.

화무십일홍(花無十日紅), 권불십년(權不十年)이라고 했다.

붉은 아름다움이 열흘 동안 지속되는 꽃이 없고, 권세는 십년을 가지 못한다는 뜻이다.

하나 자신들의 처지는 그보다 더 보잘것없게 되었다.

천하영웅맹의 권좌를 차지한 지 며칠이나 되었다고 이 꼴이란 말인가.

숭검제의 일갈에 꼬리 내린 개처럼 이렇게 순순히 명을 받들고 있으니 참으로 초라하기 짝이 없다.

이번에 동원된 면면은 신임맹주의 측근 중의 측근들로 말하자면 핵심 세력이었다. 하지만 거기에 각부의 부부주들은 제외되었다.

그게 무슨 뜻이겠는가?

이번 임무를 완수하지 못하고 돌아가면 더 이상 설 자리가 없다는 뜻이다.

하나 신임맹주는 달리 여기는 모양이다.

"감찰부주께서는 돌아가고 싶은 모양입니다?"

양교초가 심드렁한 태도로 물었다.

감찰부주는 물론 모두들 의아한 표정을 지었다.

"허! 다른 분들께서도 감찰부주님과 같은 생각이었던 모양이군요."

"맹주님, 그게 무슨 말씀입니까? 맹주님께서는 돌아가시지 않겠다는 겁니까?"

"우린 선택을 한 겁니다."

"예?"

"맹을 떠난 순간 천하영웅맹을 탈적한 거나 마찬가지입니다. 숭검제가 내린 명을 완수하고 돌아가도 더 이상 우릴 기다려 주는 자리는 없습니다."

"예에?"

"지금쯤이면 대대적인 인사 조치를 단행했을 것이고, 원로원을 중심으로 단단하게 세를 정비하고 있을 겁니다."

양교초의 말에 모두들 안색이 변했다.

자신들의 처지가 우습게 되었다는 건 알지만 아직 끝난 게 아니라고 여겼는데, 양교초의 말이 사실이라면 모든 게 물거품이었다.

"정녕 그게 사실입니까?"

감찰부주가 떨리는 음성으로 물었다.

다른 사람들도 당황한 기색이 역력한 얼굴로 양교초를 주시했다.

양교초는 피식 웃었다.

"더 이상 초라해지지는 말지요."

"맹주!"

"알면서도 나왔단 말입니까?"

감찰부주와 집법부주의 목소리가 커지자 양교초는 매서운 표정을 지으며 입을 열었다.

"여러분께서 선택할 것은 둘 중의 하나입니다. 숭검제가 내린 명을 완수하고 맹으로 돌아가 한직으로 배척당해 허송세월하든지, 아니면 이곳 광주를 중심으로 우리만의 세력을 일으키는 것입니다."

양교초가 말을 마치고 보니 모두들 실망에 사로잡힌 모습들이었다.

"한 번 실패했다고 모두 끝난 게 아닙니다. 숭검제가 두렵습니까? 전 두렵습니다. 하지만 백검룡은 조금도 두렵지 않습니다."

양교초가 백검룡을 언급하자 모두들 그건 또 무슨 말이냐는 얼굴로 쳐다봤다.

양교초는 입가에 진한 조소를 지으며 말했다.

"사람은 늙으면 죽게 되어 있습니다. 숭검제 또한 언젠가는 이 땅을 떠날 것입니다. 하니 우리가 상대해야 할 사람은 숭검제가 아니라 그의 뒤를 이을 백검룡입니다. 우린 지금부터 그때를 위해 차근차근 준비하면 됩니다."

설득력이 있는 말이다.

어쩌면 지금 자신들이 할 수 있는 최상의 선택일지도 모르겠다.

게다가 결정적으로 양교초가 백검룡을 이긴 적이 있다.

모두들 절망 속에서 한 줄기 빛을 찾은 듯한 표정을 지었다.

양교초는 그런 모두를 둘러보며 힘 있는 목소리로 말했다.

"천하영웅맹을 상대한다는 건 명분이 되지 못합니다. 하니 흑수라와 흑영대를 없앤다는 명분으로 그들에게 피해를 입은 세력들을 하나로 규합해야 합니다."

"우선적으로 구룡교를 끌어들여야 합니다. 교주가 죽어 어수선한 상황일 테니, 적당한 인물을 도와준다면 쉽게 연합을 결성

할 수 있을 겁니다."

"벽력도문(霹靂刀門)은 제가 맡겠습니다. 남은 세력이야 얼마 되지 않겠지만, 도패 어르신의 혈손들이 남아 있으니 훗날 크게 도움이 될 수 있을 겁니다."

"광주를 발판으로 삼으려는 건 자금 때문인 것 같은데, 제가 해남도 쪽에 약간의 인연이 있습니다. 광주와 해남도를 연계시키면 자금 쪽이 튼튼해질 겁니다."

천하영웅맹의 각부 요처를 이끌던 사람들답게 머리 회전이 빨랐다.

자신들의 처지를 인지하고, 새로운 길을 받아들이니 선결되어야 할 일들이 미리 생각하고 있었던 것처럼 튀어나왔다.

양교초는 흡족한 미소를 지었다.

자신의 원대한 야망이 꺾여 버렸지만, 아직 끝난 게 아니었다.

몇 십 년 후로 늦추어졌을 뿐이니, 그때를 위해 세를 정비하면 될 일이다.

여기 이렇게 손발이 되어줄 인물들이 있으니, 다시 시작하면 된다.

문제는 어느 곳에 자리를 잡느냐였는데, 양교초는 광동성을 선택했다.

양산철혈문이 풍비박산이 난 덕분에 지금 광동성은 무주공산이었다. 먼저 자리를 차지하는 자가 임자다.

다만 한 가지 걸림돌이 있다면 흑수라와 흑영대였다.

광동성의 흑도를 쓸어낸 때문에 그들의 영향력이 크게 미치고 있다. 하지만 그들의 숫자는 세력이라 불리기에는 한참 모자란다.

하니 어떻게든 광동성 밖으로 내쫓을 수만 있다면 광동성을 통째로 손에 넣을 수 있을 것이다.

"여러분들이 계시니 무슨 일인들 못하겠습니까? 하나 흑수라는 만만한 상대가 아닙니다. 당장 그와 겨룬다면 승부를 장담 못합니다. 해서 일단은 그를 광동성 밖으로 쫓아내는 것으로 만족할까 합니다."

"방법이 있습니까?"

"광주에는 그의 친족이나 마찬가지인 십전철가가 있습니다. 그들을 손에 넣은 후 흑수라와 협상을 할 생각입니다. 광동성에서 떠나라고 말입니다."

흑수라와 흑영대를 친다는 명분으로 세력을 규합하겠지만, 그보다 앞서 해야 할 건 광동성에 자리를 잡는 것이다.

하니 가장 우선적으로 흑수라와 흑영대를 광동성에서 내쫓아야 한다.

모두들 그러한 바를 빠르게 인식했다.

양교초는 모두들 자신의 생각에 동조하자 고개를 끄덕였다.

"좋습니다. 이제 뜻이 완전히 하나가 된 듯하니 여러분께 소개시켜 드릴 때가 된 것 같습니다. 나오십시오!"

양교초가 손을 들어 진군을 멈추고 소리치자 허공에서 거대한 그림자가 유성처럼 내려꽂혔다.

쿠웅!

말들이 놀라 날뛰려고 할 정도로 요란한 등장이었다.

감찰부주를 비롯하여 모두들 놀란 눈으로 바라보았다.

한 명의 노인이 철탑처럼 우뚝 서 있었다.

울퉁불퉁한 근육을 자랑하는 양팔과 가슴팍이 드러나 보이는 소매가 없는 무명조끼를 입고 있는 노인이었다.

"장, 장강구룡왕!"

밀첩부주가 놀라 소리쳤다.

정보를 다루는 밀첩부를 이끌던 사람답게 노인의 정체를 한눈에 알아보았다.

"흑수라에게 죽었다고 했잖소?"

감찰부주가 밀첩부주를 향해 물었다.

"분명 그렇게 보고받았소."

밀첩부주는 모르겠다는 듯 양교초를 쳐다봤다.

"구룡철력기(九龍鐵力氣)는 외문기공의 절정인 동시에 기문불사공의 절정이기도 하지요."

"불사공이라고요?"

"그렇습니다. 머리와 심장이 완전히 박살이 나기 전에는 죽지 않습니다. 게다가 한 번 죽을 때마나 배는 더 강해지니, 지금 구룡왕께서는 이제의 바로 아래라고 하는 반검존이나 거령신을 두려워할 필요가 없지요."

"허어!"

"그럴 수가!"

모두들 놀라움을 금치 못했다. 하나 따지고 보면 놀라운 만큼 자신들에게 엄청난 힘이 되어줄 터였다.

"구룡철력기가 한 단계 더 도약하기 위해서는 자신이 죽는다는 걸 인식하지 못하는 상태에서 죽어야 하는데, 구룡왕께서는 흑수라 덕분에 그러한 기연을 겪으셨지요."

죽는다는 걸 인식하는 순간 구룡철력기가 그에 대한 대비를 하게 되어 불사의 흐름이 뒤엉켜 결국 주화입마에 빠지고 만다.

하나 구룡왕은 철혼에게 자신이 진다는 생각을 하지 않은 상황에서 귀궁노라는 뜻밖의 일격을 받아 절명했다.

그 덕분에 불사의 기력이 정해진 흐름대로 발동되어 다시 살아난 것은 물론이고 한 단계 더 강해질 수 있었다.

"소신, 공자를 따를 날을 학수고대하였습니다."

"그래요. 이제부턴 제 곁을 지키셔도 됩니다."

수하임을 자처하는 장강구룡왕과 양교초의 대화를 들은 사람들은 다시 한 번 놀라고 말았다.

양교초는 사람들의 놀라는 반응을 보며 숭검제 하후천도를 떠올렸다.

'장강 출신임을 무시한 당신에게 똑똑히 보여주겠어. 당신의 혈손들이 나로 인해 어떤 꼴을 당하는지 말이야.'

비릿하게 웃는 양교초의 눈에 살광이 번들거렸다.

10장

우린… 흑영대다

"십전철가가 텅텅 비었다고 합니다."

광주에 도착하기도 전에 앞서 보낸 수하의 보고였다.

밀첩부주는 낯빛을 굳혔다. 십전철가의 사람들을 수중에 넣어야 피를 흘리지 않고 흑수라와 흑영대를 광주와 광동성에서 몰아낼 수가 있는데, 자칫 그들과 정면으로 충돌하게 생겼다.

'안 돼. 아직은 그들과 충돌할 수 없다. 찾아야만 해. 반드시!'

세력으로 따지면 이쪽이 우세하지만, 결정적으로 흑수라를 상대할 사람이 없었다.

양교초를 비롯한 고수들이 합공을 하면 되겠지만, 적지 않은 희생을 초래할 것이 분명했다.

어쩌면 숭검제가 자신들을 이쪽으로 내몬 게 그것 때문일지도 모른다.

양패구상.

둘 다 거치적거리니 손 안 대고 처리하겠다는 심산이다.

"광동성에 산재하는 비선들을 총동원해서라도 그들을 찾아라."

밀첩부주는 딱딱하게 굳은 얼굴로 명령을 내렸다.

천하영웅맹에 남아 있는 밀첩부부주가 손을 쓰기 전에 비선들을 잠적시킬 생각이었는데, 우선순위를 바꿀 수밖에 없게 되었다.

비선들이야 다시 만들면 되지만, 흑수라와 격돌하게 되면 돌이킬 수 없는 치명타를 입을 수도 있다.

밀첩부주는 광주와 인근의 지형이 세세하게 그려진 지도를 들여다보며 십전철가가 숨을 수 있는 곳을 찾아내고자 집중했다.

"흑수라가 이곳으로 온다면 어느 쪽에서 나타날 것 같습니까?"

갑자기 물음을 던진 건 양교초였다.

밀첩부주는 생각할 것도 없다는 듯 손가락으로 한 곳을 찍더니 광주로 향하는 선을 그었다.

"이렇게 들어올 겁니다."

"하면 그 선을 역으로 추격하면 될 것 같군요."

"십전철가가 흑수라와 합류할 거라는 겁니까?"

"그렇지 않겠습니까? 정보가 어디서 샜는지는 모르지만, 가장 안전한 곳이라면 그쪽뿐일 것 같은데, 설사 아니라 하더라도 비선들이 찾아낼 때까지 이렇게 기다리는 것보다는 낫겠지요."

일리 있는 말이다.

밀첩부주는 고개를 끄덕였다.

"그럼 그쪽으로 향했다는 가정하에 추격하기로 하지요. 행여 다른 곳으로 숨었다 하더라도 비선들이 찾아낼 터이니, 흑수라보다 먼저 만날 수 있을 겁니다."

"제 생각이 바로 그겁니다."

양교초가 비릿하게 웃었다.

감찰부 소속 삼백, 집법부 소속 오백, 거기에 장강구룡왕을 위시한 양교초를 따르는 세력을 합하니 일천 정도의 숫자였다.

그중 날랜 자들을 추려 열 명씩 이십 개 조를 광주에서 광서성으로 향하는 노선에 앞서 보냈다.

그리고 팔백에 달하는 본대는 밀첩부주가 가리킨 노선을 따라 곧장 움직였다.

달리는 말에 연신 채찍질을 가하니 무공을 익히지 않은 십전철가의 사람들을 따라잡는 건 여반장이나 마찬가지였다.

'흑수라와 만나려고 한다면 반드시 걸려들게 되어 있다.'

양교초는 흑수라와의 만남을 기대했다.

물론 자신이 주도하는 상황에서였다.

'이제 둘 다 본색을 드러낸 셈이니, 지난날과는 많이 다르

겠군.'

전임맹주의 손발이었던 흑수라와 흑운감찰단 단주이면서 흑수라와 흑영대를 잡기 위해 특별히 선임된 특임감찰 시절의 자신.

그때는 본색을 감추고 자신의 처지에 맞게 이빨만 드러냈었다.

하나 이제는 다를 것이다.

천하영웅맹의 율법에서 자유로워진 이상 원하는 바를 취하기 위해서라면 무슨 짓이든 할 수 있다.

그만한 힘이 있고, 그만한 세력이 있다.

천하영웅맹에서 쫓기듯 나왔음에도 자신할 수 있는 이유다.

'흑수라, 넌 어떠냐?'

십주에 비견할 정도로 강해졌다고는 하지만 자신을 압도하지는 못할 것이다. 자신 역시 전부 내보인 건 아니니까.

그리고 흑수라의 세력은 그때나 지금이나 매한가지로 흑영대뿐이다.

백 명도 안 되는 흑영대만으로 무엇을 할 수 있을까?

게다가 천하영웅맹의 율법에서 자유로울 수는 있어도 인간의 굴레에서 자유롭지 못하고 있는 놈이다.

'협(俠)? 정의(正義)? 무엇이 되었든 널 옥죄는 굴레가 남아 있는 이상 넌 결코 날아오르지 못한다.'

날지 못하는 새는 맹수에게 잡아먹힐 수밖에 없다.

설령 그 새가 날카로운 부리와 발톱을 가진 맹금이라 하더라도 마찬가지다.

양교초는 흡족한 미소를 지었다.

흑수라만 사라진다면 미래에 자신을 방해할 자는 없다.

이제의 후손인 백검룡과 적도룡이라 하더라도 자신의 적수가 될 수 없다.

하니 미래는 자신의 천하가 될 것이다.

'흑수라 네놈이 반드시 사라져야 할 이유다. 알겠느냐?'

양교초가 철혼을 생각하며 조소를 흘리고 있을 때다.

서북쪽에서 한 기의 기마가 빠른 속도로 달려왔다. 붉은 깃발을 마구 흔들면서였다.

"찾은 모양입니다."

밀첩부주가 들뜬 목소리로 외쳤다.

양교초는 씩 웃었다.

"그럼 방향을 틀어야지 뭘 망설이는 겁니까."

*　　　*　　　*

"추격대다."

동료의 말에 궁초아는 뒤를 돌아봤다.

사오백은 되어 보이는 숫자가 몰려오고 있었다.

예상보다 빨랐다.

'적어도 한 식경은 빠른 것 같아.'

천하영웅맹의 무리가 이동하는 위치와 속도, 그리고 자신들의 속도를 계산한 결과 저들에게 뒤를 따라잡히는 건 한 식경 후쯤이었다.

공손비연이 예측한 것이니 그랬어야 했다.

그럼에도 한 식경이라는 차이가 발생한 건 공손비연이 생각지 못한 변수가 있었기 때문이다.

덜커덩! 덜컹!

오십여 명의 대원 앞에 한 대의 마차가 달리고 있었다.

두 마리의 말이 끄는 이두마차였는데, 마차가 부서져라 달리고 있었지만 아무래도 기마대에 비해 속도가 처질 수밖에 없었다.

"어떻게 할까?"

동료가 물었다.

궁초아는 다시 한 번 뒤를 돌아본 후 거리를 가늠했다.

백여 장 정도였다.

일각이면 바로 뒤까지 따라잡힐 것처럼 보였다.

"여기서 제동을 걸고, 한 식경 후쯤에 한 번 더 하자."

궁초아가 그같이 말하며 달리는 말의 속도를 줄였다. 그러자 십여 명이 그녀를 따라 속도를 줄이며 좌우로 넓게 포진했다.

마차와 사십여 명은 달리는 속도 그대로 계속 달렸다.

궁초아를 비롯한 십여 명이 자신들의 추격을 방해하려고 한다는 걸 알아본 모양인지 적들의 속도가 더 빨라졌다.

흡사 미친 황소 떼가 몰려오는 것 같았다.

그 기세가 어찌나 사나웠던지 궁초아 등이 탄 전마가 동요하기 시작했다.

궁초아를 비롯한 십여 명은 긴장한 모습으로 달리는 말의 속도를 조절했다.

'적어도 반각의 시간은 벌어야 해. 그렇지 않으면……'

궁초아는 이를 악물었다.

흑영대와 합류할 수 있기를 간절히 바라는 나날이었다. 이제 그 기회가 왔는데, 여기서 포기할 수는 없었다.

"준비해!"

궁초아가 소리쳤다.

이제 적들과의 간격은 이십여 장에 불과했다.

조금만 더 가까워지면 암기가 날아올 수도 있었다.

십구 장, 십팔 장, 십칠 장……

거기가 급속도로 가까워졌다.

암기를 준비하는지 품속으로 손을 집어넣는 자들이 보였다.

"지금!"

궁초아가 소리쳤다.

순간 지금껏 기다리고 있던 십여 명이 적들을 향해 일제히 팔을 뻗었다.

그들의 손에는 길쭉한 쇠통이 들려 있었다.

궁초아 역시 마찬가지였다.

그녀는 쇠통의 손잡이에 있는 콩알만 한 돌출 부위를 눌렀다.

펑! 펑! 펑! 펑! 펑!

십여 번의 폭음이 터졌다.

그와 동시에 적들의 선두가 와르르 무너졌다.

쇠통에서 오십 개의 쇠구슬이 쏟아져 적들을 벌집처럼 휩쓸어 버렸다.

'맙소사!'

궁초아는 자신이 쏘아놓고도 경악했다.

철중양이 건네 준 비폭총이라는 신병(神兵)이 이 정도로 무서울 줄은 상상도 못했다.

무려 십여 개의 비폭총에서 오백여 개의 쇠구슬이 날아들자 적들의 선두가 완전히 초토화되어 버렸다.

"뭐해? 달려!"

동료의 외침에 궁초아는 화들짝 정신을 차리며 말의 속도를 올렸다.

비폭총은 연사가 불가능했다.

한 번 쏘고 나면 그저 쇠막대기가 불과했다.

궁초아가 비폭총을 말안장 옆에 갈무리하며 뒤를 돌아보니 적들이 혼비백산하여 우왕좌왕하는 모습이 보였다.

하나 오래가지 않을 것임을 안다.

조금 있으면 배는 더 성난 모습으로 노도처럼 몰려올 것이다.

'반각, 반각만 정신을 차리지 마라!'

궁초아가 그 같은 생각을 할 때였다.

적들이 진을 정비하여 물결처럼 몰려오기 시작했다. 더욱 성난 모습이었다.

궁초아의 얼굴이 급격히 굳었다.

"조장!"

동료가 말을 가까이 붙이며 불렀다.

궁초아가 돌아보자 동료가 뒤를 힐끔하며 뜻밖의 말을 꺼냈다.

"숫자가 적은 것 같지 않아?"

"뭐?"

궁초아는 두 눈을 치뜨고 뒤를 돌아봤다.

정말이다. 숫자가 다르다.

일천가량이라고 알고 있는데, 지금 뒤를 추격하고 있는 숫자는 절반가량에 불과했다.

궁초아의 머릿속에 끔찍한 상상이 떠올랐다.

정말 그런 것이라면 자신들은 몰살을 면치 못한다.

"달려!"

궁초아는 달리는 말에 채찍질을 가했다.

쏜살처럼 튀어나가는 궁초아의 뒤를 따라 그녀의 동료들이 빠르게 말을 달렸다.

'제발!'

궁초아는 아니길 바랐다.

적들의 절반은 엉뚱한 곳에서 헤매고 있기를 바랐다. 그것만이 자신들이 사는 길이었다.

하지만 불길한 상상은 반드시라 할 만큼 잘 맞는 법이다.

"앞을 봐!"

동료의 고함에 궁초아는 마상에서 몸을 일으켜 전방을 살펴봤다.

이십여 장 앞쪽에 마차와 동료들이 달리고 있었고, 그 앞쪽의 오십여 장 거리에 인의 장벽이 자신들을 기다리고 있었다.

각양각색의 복장으로 보아 흑영대가 아니었다.

숫자도 수백일 정도로 많아 보였다.

적들에게 앞뒤가 막힌 것이다.

"멈춰!"

궁초아가 마차와 동료들을 향해 달려가며 소리쳤다.

마차와 동료들은 이미 달리는 속도를 줄이고 있었다.

궁초아 등은 삼십여 장 앞에서 멈추었다.

모두들 딱딱하게 굳은 얼굴로 전방과 후방을 번갈아 보며 당황을 금치 못했다.

"어떻게 할까?"

동료가 물었다.

조장 자리를 두고 궁초아와 각축을 벌이다 부조장이 된 문세명이다.

궁초아는 문세명을 보자 약한 모습을 보이지 말아야 한다는 생각이 불현듯 떠올랐다.

우물쭈물 부족한 모습을 보이는 건 자신에게 조장 자리를 양보한 문세명에게 미안한 일이었다.

"어느 쪽이 더 단단할까?"

궁초아가 물었다.

애써 태연한 척했다.

문세명은 그 모습을 보며 자신의 생각을 말했다.

"내가 적이라면 앞쪽에 주력을 배치했을 거야."

"그렇겠지?"

"하면?"

"뒤를 뚫어야겠지."

"흑영대는?"

"어쩔 수 없잖아?"

"하지만……."

"그래도 임무는 해낸 셈이니까, 여기서 만족해야겠지."

문세명은 고개를 끄덕였다.

궁초아의 말대로 임무는 해냈으니까, 지금은 자신들이 사는 쪽으로 집중할 때였다.

"좋아. 시작해 볼까?"

"그래."

궁초아가 대답하자 문세명이 동료들에게 손짓으로 뒤쪽을 뚫고 돌파할 것임을 전달했다.

동료들은 천천히 간격을 좁혀오고 있는 전방에서 시선을 돌려 노도처럼 몰려오고 있는 후방을 살펴보았다.

"마차를 버리는 건 어때?"

동료들의 준비가 끝난 것 같자 문세명이 물었다.

궁초아는 고개를 저었다.

"안 돼."

"그렇겠지?"

"그래."

그러는 사이 후방에서 몰려오는 적들이 삼십여 장 가까이 몰려왔다.

궁초아가 명을 내린 건 바로 그때였다.

"지금이야!"

궁초아의 명이 떨어진 순간이었다.

갑자기 마차의 뒤쪽에서 문이 왈칵 열리더니 수십 개의 구멍이 숭숭 뚫려 있는 시커먼 철판이 보였다. 더 놀라운 건 기관이 작동하는 쇳소리가 쉴 새 없이 터지며 무수한 숫자의 강전이 수십 개의 구멍을 통해 빗발치듯 날아갔다는 것이다.

"피해라!"

"강전이다!"

노도처럼 몰려오던 적들이 빗발치듯 퍼붓는 강전 세례에 다시 한 번 쑥대밭이 되었다.

절반가량이 강전에 맞아 고꾸라졌고, 달리는 속도를 주체 못한 이들은 앞에 고꾸라진 전마에 걸려 와르르 무너졌다.

겨우 일백가량만이 멀쩡한 모습이었다.

수백 발의 강전을 연사로 쏘아대던 마차의 기관장치는 그제야 멈추었고, 그와 동시에 궁초아의 명에 따라 마차가 방향을 틀기 시작했다.

적들의 숫자가 일백 정도이니 이제는 뚫고 빠져나갈 수 있을 것 같았다.

궁초아 등은 기쁨을 감추지 않으며 자신들의 앞을 막고 있던 자들을 돌아봤다.

그때였다.

시커먼 그림자가 궁초아 등의 머리 위로 드리워졌다.

'뭐지?'

깜짝 놀란 궁초아가 허공을 쳐다봤다.

순간 그녀는 볼 수 있었다.

근육이 터질듯 우락부락한 장대한 체구의 노인을.

'장강구룡왕!'

흑영대와 함께 장강에서 본 적이 있어 한눈에 알아본 궁초아가 해연히 놀라는 순간, 장강구룡왕이 검붉은 기운이 선명하게 맺힌 주먹을 뻗었다.

콰앙!

꽹음과 함께 마차를 끄는 두 마리의 전마가 피떡이 되어 나뒹굴었다.

형체를 알 수 없을 정도로 짓이겨진 말들의 모습에 궁초아는 공포에 사로잡히고 말았다.

"정신 차려!"

문세명의 목소리가 들렸다.

궁초아가 퍼뜩 정신을 차리고 보니 문세명이 두 자루의 철곤을 맹렬히 휘두르며 장강구룡왕을 덮치고 있었다.

그러나 장강구룡왕의 구룡철력기가 잔뜩 응집된 강기(罡氣)를 머금은 주먹질 한 방에 피를 뿜으며 나뒹굴었다.

대적불가.

궁초아는 심장이 쿵 하고 주저앉을 정도로 놀랐다.

하나 자신은 조장이었다.

막히면 뚫고, 걸리면 부수어서라도 길을 열어야 하는 게 조장이 할 일이었다.

궁초아는 말에서 뛰어내림과 동시에 섬뢰보를 펼쳐 장강구룡왕의 지척까지 이동했다. 그런 후 가공할 기세로 뻗쳐오는 장강구룡왕의 권격을 피함과 동시에 분쇄곤을 벼락같이 펼쳤다.

그러나 장강구룡왕의 옆구리를 가격하기도 전에 어느새 방향을 튼 권격에 막히고 말았다.

꽈다당!

궁초아는 손아귀가 찢어지는 듯한 충격에 정신이 다 아찔했다.

눈으로 보는 것보다 배는 더 강하게 느껴졌다.

한 방만 맞아도 즉사할 것 같은 공포심이 들었다.

마음이 굳으니 몸이 굳었다.

화아아악!

촌음의 순간 눈앞까지 날아든 장강구룡왕의 권격.

궁초아는 퍼뜩 정신을 차리고 섬뢰보를 펼쳤다.

핏!

가까스로 권격을 피하기는 했지만, 스쳐 가는 경력에 갈비뼈가 으스러지는 것 같았다.

"윽!"

절로 튀어나오는 신음을 참지 못한 순간 동료들이 전마를 탄 채 장강구룡왕에게 와락 달려들었다.

그러나 장강구룡왕이 태산같이 우뚝 서서 수차례 주먹을 뻗자 타고 있는 말과 함께 수 장을 날아가 벌렁 나자빠졌다. 정통으로 부딪친 이는 입으로 피화살을 뿜었다.

궁초아는 입술을 깨물고 땅을 박차고 도약했다.

허공에서 내력을 있는 대로 끌어모아 두 자루 철곤에 실어 벼락처럼 휘둘렀다.

그러나 장강구룡왕의 권격과 정면으로 부딪치자마자 입으로 피화살을 뿜으며 삼 장을 날아가고 말았다.

꼴사납게 땅바닥을 나뒹군 궁초아는 벌떡 일어났다.

온몸이 부서지는 듯 아팠다.

가공할 충격에 두 손이 덜덜 떨렸다. 또다시 달려들 엄두조차 나지 않았다.

그녀의 동료들도 마찬가지였다.

그때였다.

"이 괴물 같은 놈!"

문세명이 악을 쓰며 마차에서 비폭총을 꺼내 장강구룡왕을 향해 쏘았다.

흑영대에게 전해주어야 할 비폭총이었다. 마차에는 아직 이십여 개의 비폭총이 남아 있었다.

퍼엉!

폭음과 함께 오십 개의 쇠구슬이 일제히 날아갔다.

장강구룡왕은 비폭총의 위험함을 알아보고 두 팔을 교차하여 얼굴을 막았다.

퍼버버버버버버벅!

쇠구슬이 틀어박히는 소리가 동시다발적으로 쏟아졌다.

문세명의 얼굴이 활짝 밝아졌다.

그러나 장강구룡왕이 두 팔을 내리고 얼굴을 드러내자 문세명의 얼굴에 두려움이 차올랐다.

쇠구슬들은 피 한 방울도 흘리게 하지 못했다.

천하 삼대외문기공에 속한다는 구룡철력기를 뚫지 못한 것이다.

"쥐새끼 같은 놈이 감히!"

분노를 토한 장강구룡왕이 성큼 한 걸음 내디디며 주먹을 뻗었다.

문세명은 아연실색하여 피할 생각조차 못하고 있었다.

쾅!

굉음과 함께 문세명이 나가떨어졌다.

그러나 혼자가 아니었다. 궁초아와 함께였다.

궁초아가 중간에 끼어들어 부리나케 분쇄곤을 펼쳤지만, 완전히 막지 못하고 다시 한 번 피를 토하며 문세명과 나뒹굴고 말았다.

궁초아는 이번에도 벌떡 일어났다.

그러나 그녀의 전신은 학질 걸린 사람처럼 부들부들 떨리고 있었다.

입가로는 선명하게 붉은 피가 주르륵 흘렀다.

장강구룡왕의 파괴력을 제대로 감당하지 못한 것이다.

"계집년이 용케 버틴다만, 이번에도 버틴다면 내 성을 갈고 말겠다."

장강구룡왕이 성큼 다가갔다.

순간 궁초아의 동료들이 우르르 몰려와 궁초아와 문세명의 앞을 막았다.

두려움이 가득한 모습 속에 절대 물러나지 않겠다는 결의가 엿보였다.

그 모습에 장강구룡왕은 짜증이 솟구쳤다.

"이런 쥐새끼들이 아주 떼로 지랄을 하는구나!"

장강구룡왕이 모조리 죽여 버리겠다고 살심을 폭발시킨 순간이었다.

"잠시만 멈춰보십시오."

양교초의 담담한 목소리가 들렸다.

장강구룡왕은 말 잘 듣는 개처럼 분노를 가라앉히고 뒤로 물러났다.

"농락당했군."

마차를 바라보며 양교초가 한 말이다.

담담히 내뱉고 있지만 두 눈에는 감출 수 없는 살기가 폭발할 것처럼 요동치고 있었다.

마차에는 십전철가의 사람이 존재하지 않았다. 자신들은 빈 마차만 열심히 쫓았던 것이다.

그 사실이 양교초의 자존심을 건드렸다.

"광주에 숨어 있나?"

양교초의 시선이 궁초아와 문세명의 앞을 막고 있는 청년들의 면면을 쏘아봤다.

바늘로 찌르는 것처럼 살기가 느껴지는 시선이었다.

청년들은 물러서지 않았다.

도전적인 얼굴로 두 자루의 철곤을 꽉 움켜쥐었다.

"분쇄곤. 이상한 일이군. 흑영대에 너희 같은 애송이들은 없는데, 어찌 된 일이지?"

양교초는 정말 궁금했다.

흑의에 묵빛의 철립.

복장도 흑영대와 같다.

하나 흑영대는 아니다. 흑영대원들의 외양에 대해서는 모르는 게 없을 정도로 상세히 파악하고 있다. 한 명도 빠짐없이 얼굴을 기억하고 있다.

아무리 자신의 기억을 뒤져봐도 이렇듯 풋내 나는 애송이들은 존재하지 않았다.

단순히 흑영대 흉내나 내는 자들도 아니다. 그런 자들이 십전철가의 일에 관여한다는 것도 이해불가이고, 저렇듯 놀라운 신병들을 사용한다는 것도 납득할 수 없다.

"누구냐? 너희들은 대체 어디서 튀어나온 것이냐?"

양교초가 서슬 푸른 기세로 소리쳤다.

하나 청년들은 싸울 생각만 하고 있는 듯 누구하나 대꾸하지 않았다.

"누구 하나 머리통을 뽑아버려야 입을 열겠군."

양교초가 싸늘히 내뱉은 순간이다.

"비켜봐!"

궁초아의 목소리가 들렸다.

그러자 청년들이 좌우로 갈라져 길을 열었다.

힘겨운 모습으로 간신히 버티고 서 있는 궁초아가 보였다.

피를 많이 흘려 핼쑥한 몰골로도 사나운 기세를 잃지 않고 있었다.

"네가 수장이냐?"

"이름?"

"뭐?"

"뭘 물으려면 네 정체부터 밝혀."

궁초아의 말에 양교초가 황당한 표정을 지었다.

대신 다른 이들이 성을 내며 버럭 소리를 질렀다.

"저년이 뚫린 주둥이라고, 어디서 나불거리는 것이냐?"

"가랑이를 찢어놓아야 고분고분할 년입니다."

감찰부주와 집법부주가 금방이라도 손을 쓸 듯하자 양교초가 피식 웃으며 입을 열었다.

"내 이름은 양교초다. 너희는 대체 누구냐?"

양교초는 이들의 정체가 궁금했다.

어느 날 갑자기 하늘에서 뚝 떨어져 내린 것 같은 정체모를 자들이었다.

장강구룡왕과 싸우는 모습을 봐서는 무공 실력이 상당히 뛰어난 편이었다. 흑수라 쪽에 이런 자들이 이삼백 명 정도만 더 있어도 자신이 생각하는 천하판도에 큰 영향을 끼칠 수도 있었다.

그래서 알아내야 했다.

더 이상의 숫자가 있는지, 있다면 어디에 있는지.

그리고 강전들을 쏟아낸 마차와 장강구룡왕에게 쇠구슬을 발사한 신병.

조금 떨어져서 목격한 것이라 제대로 보지는 못했지만, 얼핏 보기에도 전장에 미칠 파괴력이 엄청나 보였다.

양교초는 마차를 확보하라고 집법부주에게 은밀히 지시를 내리며 궁초아가 대답하기를 기다렸다.

그러나 궁초아가 쉽사리 입을 열지 않았다.

난데없이 하늘을 한 번 쳐다보고, 기침을 하며 입안의 핏물을 내뱉더니 자신의 옆에 서 있는 문세명을 돌아보며 뜬금없는 말을 했다.

"얼마나 남았어?"

"일다경 정도 남았다. 어렵겠지?"

"아니."

"아니라고?"

"그래. 아니야. 절대 아니다. 우리의 운명이 이런 족제비 같은 인간에게 끝장난다는 걸 용납할 수가 없어. 아니, 그런 운명이라면 내가 거부하겠어. 차라리 내가 버리고 말 거야!"

어디서 그런 힘이 났는지, 궁초아가 바득 외쳤다.

양교초가 보기에는 절망 끝에서 외치는 발악 같았다.

하지만 궁초아를 믿고 따르는 청년들에게는 그렇지가 않았다. 청년들은 궁초아의 외침대로 될 거라는 듯 힘있게 고개를 끄덕였다.

절망 끝에선 자들이 아니라 절망 너머로 힘껏 도약할 준비를 하는 사람들 같았다.

그 모습이 양교초의 신경을 자극했다.

"두 놈만 남기고 모조리 죽이십시오. 아, 필요한 건 입이니 사지를 뽑아버려도 상관없습니다."

양교초가 명을 내렸다.

순간 장강구룡왕이 주먹을 불끈 쥐고 한 걸음 성큼 나섰다.

"모두 잘 들어! 죽을 때 죽더라도 저 족제비 같은 놈은 반드시 데려간다. 알았어?"

궁초아가 크게 소리치자 청년들이 자신들의 가슴팍을 두들겼다. 알아들었다는, 반드시 그렇게 하겠다는 흑영대만의 동작이었다.

양교초 등은 우습지도 않다는 듯 조소를 흘렸다.

그래도 만일의 경우를 대비하여 감찰부주로하여금 수하들을 움직여 궁초아 등이 달아날 공간조차 막아버렸다.

양교초의 은밀한 지시를 받은 집법부주는 눈치껏 삼 보를 이동하여 마차에 있는 청년들을 제압할 준비를 했다.

"감히 공자님을 우롱하려 든 네년은 특별히 주둥이를 찢어놓겠다."

장강구룡왕이 살벌하게 말하며 득달같이 쇄도했다.

장대한 체구의 장강구룡왕이 움직이자 태산이 짓쳐오는 듯 기세가 무지막지했다.

하나 아직 인정을 받지는 못했으나 차기 흑영대라는 자부심 하나로 똘똘 뭉친 청년들은 결코 피하지 않았다.

문세명을 비롯한 다섯 명이 자신이 펼칠 수 있는 최대한의 속도로 섬뢰보를 펼치며 마주 달려들었고, 나머지 청년들은 마차를 향해 움직였다.

하나 그보다 빨리 움직인 이가 있었으니 바로 집법부주였다.

그러나 마차에 타고 있는 두 명의 청년은 바보가 아니었다.

이미 적들을 잔뜩 경계하고 있던 터라 집법부주의 움직임을 놓치지 않았다.

퍼엉!

비폭총이 불을 뿜었다.

오십 개의 쇠구슬이 빗발치듯 날아오자 집법부주는 안색이 핼쑥해져 화급히 방향을 틀었고, 그사이 다른 청년이 마차에 실려 있는 비폭총들을 동료들을 향해 집어 던졌다.

그 광경에 잔뜩 미간을 찌푸린 양교초가 벼락같이 움직였다.

"버러지 같은 놈들!"

일성을 토하며 오른손 손바닥을 뻗자 번천장의 가공할 장력이 땅거죽을 찢어발기며 폭풍처럼 휘몰아쳐 비폭총을 받으려는 청년들을 한꺼번에 휩쓸어 버렸다.

그 놀라운 신위에 궁초아의 눈에 경악의 빛이 떠올랐다.

"컥!"

"크윽!"

장강구룡왕을 덮쳤던 문세명을 비롯한 청년들도 피를 토하며 나뒹굴었다.

이제 남은 거라고는 마차에 장착되어 있는 기계장치뿐이지만, 방향이 틀어져 있어 사용할 수가 없었다.

"이제 무엇으로 상대할 작정이냐?"

양교초가 조소했다.

궁초아는 기력이 없어 부들부들 떨리는 손으로 철곤들을 꽉 움켜잡으며 한껏 거드름을 피우고 있는 양교초를 향해 비척걸음을 옮겼다.

"우리가 누구냐고 물었냐?"

눈 한 번 깜빡이지 않고 다가오는 궁초아.

양교초는 그런 궁초아의 마지막 발악이 재밌다는 듯 더욱 진하게 조소하며 바라보았다.

"우린… 흑영대다! 네놈이 몸서리치도록 두려워하는 흑수라가 우리들의 대주님이다! 알았냐? 알아들었냐고, 이 족제비 같은 놈아!"

궁초아가 사력을 다해 외친 후 한 모금의 피를 토했다.

양교초는 두 주먹을 부르르 떨었다.

자신이 흑수라를 두려워한다는 말에 극도로 분노한 것이다.

"네년이 기어코 내 살심을 부추기는구나!"

양교초의 살기가 폭발했다.

지옥에서 뛰쳐나온 듯 섬뜩한 살기가 양교초의 전신에서 요동쳤다.

양교초는 주체할 수 없는 살의를 번천장의 공력에 가득 실어 오른손에 응집했다.

자신을 똑바로 쳐다보고 있는 궁초아를 일장에 쳐죽일 생각이었다.

그러나 양교초는 번천장을 펼치지 못하고 대경한 모습으로 뒤를 돌아봐야 했다.

"……!"

뭔가가 오고 있었다.

거대한 존재가 엄청난 속도로 다가오고 있었다.

양교초의 가슴 밑바닥에서부터 알 수 없는 경계심을 잔뜩 일
으키게 만드는 무척이나 불길한 존재였다.

　천하에 자신을 이렇게 불길하게 만드는 자는 단 한 사람뿐이
었다.

　"흑수라⋯⋯!"

　양교초는 자신도 모르게 신음처럼 내뱉었다.

『패도무혼』 7권에 계속…

수선경

허담 新무협 판타지 소설
FANTASTIC ORIENTAL HEROES

작은 샘이 바다로 모여들 듯,
만류의 법이 하나로 회귀하듯,
다섯 개의 동경이 드디어 하나로 모인다.

검을 만드는 사람과
검을 쓰는 사람,
그리고 검을 버리는 사람의 이야기!

천명을 타고 태어난 **청풍**과 **강검산**
그리고 혈로를 걸어온 살수 **타유**,
그들이 다섯 줄기의 피의 숙명과 마주한다.

Book Publishing CHUNGEORAM

FUSION FANTASTIC STORY

월문선 장편 소설

화려한 귀환

머나먼 이계의 끝에서
다시 돌아온 남자의 귀환기!

『화려한 귀환』

장점이라고는 없던 열등생으로 태어나,
학교에서 당하는 괴롭힘을 버티지 못하고
자살이라는 극단적인 선택을 하게 된 남자, 현성.

"돌아왔다……. 원래의 세계로!"

이계에서 죽음을 맞이하게 된 현성은
자신을 죽음으로 내몰았던 현실 세계로 돌아오게 된다!

고된 아픔들, 그리웠던 기억들.
모든 것을 되살리며 이제 다시 태어나리라!

좌절을 딛고 일어나 다시 돌아온
한 남자의 화려한 이야기!
이보다 더 '화려한 귀환'은 없다!

Book Publishing CHUNGEORAM

FUSION FANTASTIC STORY
건(建) 장편 소설

컨트롤러

Controller

세상에게 당한 슬픔,
약자를 위해 정의가 되리라!

『컨트롤러』

부모님의 억울한 죽음.
더러운 세상에 희롱당해
무참히 희생당한 고통에 분노한다!

"독하게… 살아가리라!"

우연한 기회를 통해 받은 다른 차원의 힘.
억울함에 사무친 현성의 새로운 무기가 된다.

냉정한 이 세상을 한탄하며,
힘조차 없는 약자를 대변하고자
내가 새로운 정의로 나서겠다!